ÀS VEZES SOU BRISA, OUTRAS, VENTANIA

FABÍOLA SIMÕES

ÀS VEZES SOU BRISA, OUTRAS, VENTANIA

COPYRIGHT © FARO EDITORIAL, 2023

Todos os direitos reservados.
Nenhuma parte deste livro pode ser reproduzida sob quaisquer meios existentes sem autorização por escrito do editor.

Diretor editorial **PEDRO ALMEIDA**
Coordenação editorial **CARLA SACRATO**
Assistente editorial **LETÍCIA CANEVER**
Preparação **MARINA MONTREZOL**
Revisão **CRIS NEGRÃO**
Capa, projeto gráfico e diagramação **VANESSA S. MARINE**

Dados Internacionais de Catalogação na Publicação (CIP)
Jéssica de Oliveira Molinari CRB-8/9852

Simões, Fabíola
    Às vezes sou brisa, outras, ventania / Fabíola Simões. — São Paulo : Faro Editorial, 2023.
    160 p. : il., color.

ISBN 978-65-5957-249-6

1. Desenvolvimento pessoal 2. Autoajuda I. Título

22-5930　　　　　　　　　　　　　　　　　　　　CDD 158.1

Índices para catálogo sistemático:
1. Desenvolvimento pessoal

1ª edição brasileira: 2023
Direitos de edição em língua portuguesa, para o Brasil, adquiridos por FARO EDITORIAL
Avenida Andrômeda, 885 - Sala 310
Alphaville — Barueri — SP — Brasil
CEP: 06473-000
www.faroeditorial.com.br

"E, se atravessara o amor e seu inferno, penteava-se agora diante do espelho, por um instante sem nenhum mundo no coração. Antes de se deitar, como se apagasse uma vela, soprou a pequena flama do dia."

(CLARICE LISPECTOR, "TODOS OS CONTOS", CONTO "AMOR")

Para todos aqueles que desejam remover as aspas à esquerda e à direita de si mesmos. Aqueles que buscam uma escuta atenta à própria voz, e não permitem ser classificados.

Em especial:
ao meu pai, que estimulou meu interesse por grandes autores
à minha mãe, que com seu jeito lúdico e muito criativo, fez de nossa casa um recanto de literatura, amor e magia
às minhas professoras de redação e português no Ensino Fundamental e Médio: Aparecida Caldas e Aparecida Fernandes – vocês me fizeram acreditar que eu seria capaz de voar através das palavras...

Sumário

CARTA AO LEITOR 09

PARTE 1 13

PARTE 2 53

PARTE 3 87

PARTE 4 125

AGRADECIMENTOS 157

CARTA AO LEITOR

No prefácio do livro *Uma aprendizagem ou o Livro dos Prazeres*, de Clarice Lispector, lemos: "Este livro se pediu uma liberdade maior que tive medo de dar. Ele está acima de mim. Humildemente tentei escrevê-lo". Clarice era ousada, corajosa, dona de uma alma pronta. Eu, ao contrário, ainda vacilo diante das palavras que pedem para ser escritas, me acovardo diante de temas que querem ser expostos, recuso o mergulho na profundidade de meu Ser.

Mas tenho amadurecido. E enxergo este livro como uma transição entre a mulher que aprendeu a ser somente brisa e a outra – que se permite ser também ventania – e, com sua voracidade, arrebenta cadeados, abre e fecha portas, faz barulho, almeja liberdade e não aceita ser classificada.

Somos brisa e ventania. Porém, tentar ser somente brisa é anular nossas inquietações, dores, gozos e intensidades. A natureza humana é vibrante, e necessita transbordar suas pulsões, explosões, impulsos e rompantes. Acredito que a melhor forma de jorrar esse arrebatamento é através da arte, música, lirismo e poesia.

Escrever este livro foi permitir dar vazão às mulheres que me habitam e que compõem a primeira parte deste volume. Nenhuma história é autobiográfica, mas certamente carrega um pouco da minha e da sua trajetória. Somos Auroras, Anas, Capitus, Elenas, Catarinas e tantas outras, sem nome, que carregam histórias e mundos secretos dentro de si; enfrentando medos, silêncios, solidões e sombras. Buscando autonomia, independência e, principalmente, uma escuta atenta aos seus desejos.

A vida se resolve mesmo é vivendo, experimentando, ousando, desbravando. Porém, as leituras têm o atributo de acordar nossos gigantes adormecidos; trazer à tona emoções reprimidas; promover uma viagem para dentro e possibilitar o enfrentamento daquilo que nem sabíamos existir.

Desejo que este livro possibilite o encontro com as mulheres que habitam o seu Ser, e têm tanto a dizer e ensinar. Que você possa ser uma (um) ouvinte atenta (o) de si mesma (o), e respeite seus momentos de serenidade e de inquietação.

Agradeço a cada um que hoje me lê. Primeiramente, por ainda acreditar nos livros. Em segundo lugar, por doar seu tempo aqui, comigo. Por me permitir adentrar seu mundo, suas histórias, fazer parte das suas descobertas, atravessar seus jardins, esbarrar em seus fantasmas, trazer à tona enredos esquecidos.

Obrigada por estar aqui comigo. Vem, me dê sua mão. Vamos junto(a)s.
Seremos brisa... e também ventania.

Com amor,
Fabíola Simões

PARTE 1

A liberdade custa caro. Perca os anéis, os brincos, até os sisos. Mas não se perca de você

Vai, faz mais uma tatuagem,
você diz que isso te acalma,
pois te lembra que nenhuma dor perdura
e que a pele pode ser guardiã de memórias.
Vai, transforma essa mágoa em poema,
faz uma borboleta que nunca te deixe esquecer
que a metamorfose é o processo mais lindo que existe,
um lembrete de que fomos modificados para sempre

Para todas as pessoas que se sabem brisa e também ventania

Sempre gostei da noite. Do céu escuro, da lua introvertida e da harmonia que toma conta de mim quando as luzes se apagam e a quietude domina os cômodos do Ser. Deve ser por isso que não durmo bem. A noite me chama, me convoca a pensar, faz revelações surpreendentes e aguça minha intuição. A insônia é minha parceira constante, a vigília não me abandona.

Escrevo textos inteiros em minha mente, deitada na cama, olhando para o quarto escuro. Nem sempre sou brisa, às vezes me torno ventania.

Muitas vezes, desejando controlar a força dos vendavais, fui vulcão contido, grito abafado no travesseiro, batimentos descompassados no peito. Outras vezes, permitindo-me queimar, fui fúria na noite, magma abundante, rajada de vento cortante. Mas também soube ser brisa, acolher meu sono, repousar meus medos e abrigar meus vazios.

Aos poucos percebi que quanto mais eu desejava sufocar meus vendavais, tentando parecer brisa por fora quando era furacão por dentro, mais eles cresciam e ganhavam força dentro de mim, até o ponto de explodir. Porém, o que fazer com essa força estranha, tão poderosa, que eu tentava reprimir? Como canalizar esse vento súbito que nenhuma previsão meteorológica poderia extinguir?

Hoje sei que nem sempre sou brisa, e está tudo bem. Há dias de serenidade e dias de inquietação. Dias de leveza e dias de ser vulcão em erupção. Tentar ser somente brisa, quando se tem um coração sensível, é permitir que raios e trovões irrompam no peito, causando dores dançarinas, que não sentem um pingo de culpa por sapatearem uma coreografia intensa no corpo inteiro.

Você pensa que está no controle de tudo, mas um dia você acorda brisa e, sem nenhum aviso, uma tempestade te invade. Assim como o tempo muda quando chega uma frente fria, nós também podemos mudar em questão de segundos. Somos contraditórios e cheios de contrastes, na maioria das vezes inquietos sob camadas de aparente serenidade.

Não tente transformar suas tempestades em outra coisa que não seja tão poderosa quanto um temporal, nem almeje sufocar seus vendavais para aparentar ser sempre um mar de tranquilidade. Alguém já conseguiu frear um trovão? Com que força se segura a fúria das marés? Permita-se transbordar. Permita-se chorar. Permita-se recomeçar.

Então, depois do naufrágio, não se esqueça do bilhete. Sim, o bilhete que você escreverá para si mesmo, para ler daqui a algum tempo ou quando vier a próxima tempestade. A mensagem em que você dirá que, apesar de tudo, você sobreviveu. Você resistiu à pior tormenta porque não teve pressa de se curar e soube ser gentil com seus processos e limitações. Você venceu os seus piores dias porque não forçou a barra do tempo, da recuperação, do desapego, da melhoria instantânea. Você chegou até aqui porque entendeu que não precisa forçar nada, o que é seu encontrará um caminho para chegar até você. E, se não deu para ser hoje, tudo bem...

Ser livre é aceitar a própria singularidade
não se intimide por ser você
não copie gestos
não reproduza falas
não imite estilos
não plagie ideias
se inspire, mas deixe sua marca
descubra algumas influências, mas encontre sua própria voz
você é único(a), não há no mundo alguém como você

A liberdade custa caro. Perca os anéis, os brincos, até os sisos. Mas não se perca de você

Ela já havia se deitado naquele peito um milhão de vezes; mas, naquele momento, a acolhida tinha sido diferente. Queria permanecer ali, estática, imóvel. Que o tempo congelasse e cessassem todas as dores, ausências, saudades, preocupações. Temia que, acaso se mexesse, o encanto pudesse se quebrar – ele acordaria, e ela perderia o instante perfeito, pacífico, reflexivo. O instante que pertencia somente a ela. A cena já havia se repetido infinitas vezes; mas, naquela noite, os pensamentos vagavam em outra esfera – distante, distinta. Compreendeu, então, o quanto havia mudado.

    A vida lá fora era convidativa, mas também assombrosa. Vivia flertando com o perigo, desafiando armadilhas, debochando do risco, cortejando a incerteza. Era assim porque sabia que tinha para onde voltar. Ele a ancorava ao chão, e por isso ela se permitia voar. Ainda não se tornara forte o suficiente para bancar a queda livre sem pisar nos freios. A liberdade consistia em sentir o vento no rosto, mas também na certeza de que, em algum lugar, haveria um abrigo para onde retornar.

    Por muito tempo evitara o frio na barriga. Recusava o brilho no olhar e tinha medo de se atirar. Rejeitava a alegria e andava de mãos dadas com a covardia. Era séria, recatada, discreta e modesta. As roupas eram fechadas, sua sobriedade afastava quem quisesse se aproximar. Não tinha o riso frouxo e faltava ginga e jogo de cintura para se perdoar. Não se acolhia, não se pegava no colo, não se permitia. Era avarenta consigo mesma, não ousava desejar. Mas então viera o susto, o arrebatamento, a vida a desafiando a se jogar. Até quando ela iria recusar? Tinha despertado. Não podia mais se boicotar.

Já não tinha mais como voltar. Estava no meio do caminho e sabia que, se se permitisse, muito mais haveria. Precisava ser firme o bastante para não recuar. Para aceitar a vida inteira, com suas dores e delícias, riscos e tombos, encantos e assombros. Mas ainda não se sabia forte. Imaginava-se frágil, carente de um peito onde repousar, uma casa para onde pudesse voltar, um bilhete que assegurasse seu regresso ao lar.

Quando criança, as viagens a assustavam. O navio a aguardava no porto, mas ela preferia ficar em terra firme, vendo-o se afastar. Agora a vida se apresentava como o navio. Ficaria no cais, na noite escura, apenas observando a luz da embarcação se distanciar? Ou arriscaria remover as âncoras de si mesma, rompendo os laços do temor, aliviando o aperto do colarinho, perdoando-se por não se culpar?

Ainda não compreendia tudo nem sabia até onde poderia chegar. Mas algo havia mudado e dessa vez não se sentiria endividada ou culpada por tudo aquilo que desejava alcançar. Já não bastava mais a vida que caía como gotas de chuva na vidraça enquanto ela permanecia parada, estática, observando através da janela. Queria o cabelo molhado, poças d'água para pisar, frio dilacerante com o vento cortante que chega sem avisar.

Naquele momento, entendeu. Era inaceitável doar-se a conta-gotas a si mesma. Era injusto não permanecer ao seu lado. Era inadmissível ser melhor com os outros do que consigo mesma. Era inaceitável esgotar sua energia e ficar com tão pouco.

Então a liberdade era isso. Começava como uma dança que se dançava sozinha, de olhos fechados, escutando a música que nascia no recanto mais profundo de si. Alheia aos comentários, indiferente às críticas, abstraída do autojulgamento. Permitindo-se queimar até recuperar as forças, curando a si mesma e às mulheres que a antecederam. Desejosa de não se entregar a nada nem a ninguém somente pelo desejo de agradar, mas decidida firmemente a nunca mais se abandonar.

você pensou que podia
controlar tudo,
mas desconhecia
a imprevisibilidade
da alma

As maiores e mais belas transformações não acontecem em mares calmos ou em estradas retilíneas

Aurora era uma mulher cheia de ausências. De vez em quando se perdia em devaneios e viajava para mundos distantes, talvez outras épocas, tempos mais antigos que seu próprio espírito. Falava-se com ela, e ela não ouvia. Nada a afetava nesses momentos. Porém, quando retornava, de vez em quando sensibilizava-se demais, além da conta. Uma notícia na tevê, um comentário nas redes sociais... e Aurora ficava perturbadíssima, como se aquilo acessasse dentro dela mundos e tristezas ocultas, porém latentes, que esperavam avidamente para emergir das profundezas. Seu mundo interior era vasto e rico, e por isso uma tristeza inédita não era apenas um lamento. Era o gatilho para tristezas misteriosas, talvez de outras vidas, virem à tona.

Quando o coração de Aurora estava longe do lugar onde se encontrava, a violência do momento não a atingia. Sorte sua possuir coração e mente viajantes, talvez para se poupar, ou mesmo se proteger. Quando a realidade é difícil de digerir, o corpo encontra saídas para se resguardar.

Aurora tinha medo de se apaixonar. Ouvira dizer que quando se apaixonasse, facilmente se machucaria por coisas simples e bobas. Tinha medo da dor. E, mais que isso, não queria se sentir frágil ou vulnerável. Havia escutado histórias de pessoas que perderam o foco da própria vida, arriscaram suas carreiras por uma paixão, curvaram-se como cães humilhados, sucumbiram ao desejo e consumiram-se como velas queimadas.

Preferia abrigar-se em seu mundo de histórias inventadas, sem um pingo de desejo por coisas palpáveis, reais e invariavelmente impossíveis, que fatalmente levariam a um sofrimento maior.

Desafiava o amor, provocava a paixão e incitava a vida para um duelo. Em seu íntimo, porém, só desejava livrar-se do medo. E que a vida, o amor e a paixão lhe dessem a mão, convidando-a a não se acovardar.

Então, assim como uma gripe chega sem avisar, uma nova febre a consumiu. E não havia remédio, unguentos ou fugas mágicas para mundos distantes que pudessem aplacar aquela nova sensação que tomava as rédeas de seu corpo e pensamentos.

Descobriu que por mais que você queira escolher quem amar, ou que rotas trilhar para chegar ao melhor lugar, o amor e a vida não estão nem aí para aquilo que você considera certo, justo ou compreensível.

Então, só restava a ela aceitar. Entendendo que poderia permitir-se estilhaçar, aumentando seu repertório de histórias para contar, ou simplesmente abrir a porta e deixar a ventania entrar, descobrindo que as maiores e mais belas transformações não acontecem em mares calmos ou em estradas retilíneas. Ao contrário, chegam no susto, na onda imprevisível, na descida íngreme e sem freios. Depois disso, nada volta a ser como antes. Nem a alma, nem os batimentos no peito, nem ela mesma.

Te quero bem. Mas ando oscilando entre te amar e me amar. Me quero bem

Tenho ouvido Maria Bethânia, incessantemente, no YouTube, cantando lindamente:
"Hoje eu ouço as canções que você fez pra mim
Não sei por que razão tudo mudou assim
Ficaram as canções e você não ficou
Esqueceu de tanta coisa que um dia me falou
Tanta coisa que somente entre nós dois ficou
Eu acho que você já nem se lembra mais..."

Olhando a noite de São Paulo do alto do 18º andar do apartamento que um dia dividimos na Paulista, me lembro de você. De você e seu violão, das músicas que compôs para mim, das coisas que me dizia e das quais hoje, acredito, nem se lembra mais.

Me sirvo outra taça de vinho, a música acaba e eu recarrego a página para ouvi-la novamente. A saudade aperta, te vejo on-line e quase caio em tentação. Ainda te quero tão bem...

Fomos aquilo que se chama de quase. Quase uma história bonita. Quase um final feliz. Quase votos de eternidade. Quase um amor. Hoje sei que quanto mais "quases" acumulamos, mais acreditamos que ali residia uma possibilidade de felicidade.

A gente não escolhe somente aquilo que ama. A gente escolhe abdicar do amor também, por amor a nós mesmos. Escolhi a mim. Pois quanto mais eu ficava – e me contentava com o que um dia foi uma possibilidade de amor, insistindo em algo que nunca se concretizou – menos eu me amava.

Te quero bem. Mas ando oscilando entre te amar e me amar. Voltaria no tempo para ouvir novamente as canções que você fez pra mim, ou para congelar os instantes em que você disse que seria para sempre; mas o tempo também traria seu gelo e minha insistência, minhas exigências e sua indiferença. O que foi bom vai ficar guardado em mim. Ninguém nos rouba o que queremos eternizar, mas é preciso ter cuidado com a vã esperança, pois ela breca novas possibilidades. E, ainda que doa, preciso voar...

A decisão certa também dói

Ana estava decidida. Após dias, semanas e meses oscilando entre o desejo de partir ou permanecer, havia escolhido ir embora de uma vez daquela casa, daquela cidade. Porém, para seu espanto, não sentia alívio ou satisfação. As malas pesavam como âncoras de metal, e nem mesmo as rodinhas deslizantes eram capazes de movê-las com desenvoltura. Seus passos eram firmes e decididos, mas faltava leveza. Sentia como se cada perna carregasse caneleiras de 20 quilos, e atravessar a estação provocou-lhe um cansaço inédito, que ela não tinha sido capaz de prever.

Quando finalmente despachou as malas e subiu no trem, percebeu a rigidez de seu corpo: a palidez dos dedos que se contraíam num nó apertado em volta da alça da bolsa, a cabeça e os pés latejando, os ombros carregando toneladas de frustração.

"Eu tomei a decisão certa, eu tomei a decisão certa", ela repetia baixinho, enquanto descalçava as sapatilhas e recostava-se na poltrona, procurando uma posição confortável.

Ana beirava os 40 e estava fazendo o caminho de volta. Isso lhe dava uma sensação de fracasso, vergonha e culpa. Sentia que a vida era uma brincadeira de mal gosto e, se havia regras e macetes para avançar nesse jogo, ela não os conhecia; e por isso acumulava derrotas atrás de derrotas.

Anos atrás Ana havia partido do interior cheia de sonhos e promessas, acreditando que a capital a acolheria de braços abertos, com novas possibilidades de trabalho e amor.

Porém, nada disso havia acontecido. Seu coração tinha sido machucado, sua autoestima estava em pedaços. Por isso, pedira demissão do cargo de recepcionista do "Hotel Horizonte Feliz", terminara o noivado e seguia viagem no mesmo trem da ida. A diferença é que os sonhos tinham sido substituídos por decepções, e por mais que ela tivesse tomado a melhor decisão – a decisão certa – isso não a poupara do sofrimento.

A escolha certa também dói – ela pensava. Pois qualquer caminho não vem sozinho. Ele traz junto renúncias, bagagens e consequências; e algumas vezes temos que abandonar algo que amamos muito, sonhos nos quais apostamos alto, futuros que imaginamos diferentes ou planos que desejamos intensamente por conta de uma decisão que é a mais certa. A gente se desprende porque o mais correto é deixar ir, mas nem por isso é o mais fácil.

Ana havia decidido abandonar de vez um relacionamento nocivo. Por muito tempo tentara colar os fragmentos daquela porcelana quebrada, como se fosse possível consertar relações e pessoas. Mas não era possível. E agora ela enxergava com clareza.

Pessoas quebradas quebram outras pessoas. E por mais que você acredite que possa colar os fragmentos de um relacionamento destruído, você tem que entender que essa não é sua função. Pare de tentar remendar coisas que você não quebrou. Nem tudo cabe a você, e você pode acabar quebrado tentando consertar coisas e pessoas.

Ela estava quebrada, e sabia disso. Porém, mesmo doendo, estava certa do que queria – ou melhor, do que não queria – e isso bastava naquele momento. Havia entendido que a pessoa que mais pode te ferir é aquela que não tem sentimentos por você, mas também não quer te perder. Ela te alimenta com migalhas, e você aceita porque prefere ter o mínimo a não ter nada.

Às vezes, ter certeza de algo que não queremos para nossa vida é o melhor que podemos fazer por nós mesmos. E Ana sabia. Falar que não havia dor era mentira. Dizer que não se sentia em carne viva era inverdade. Mas a determinação convicta de não olhar para trás aliviava o sofrimento e trazia uma sensação de dever cumprido consigo mesma. Nunca mais se abandonaria. Nunca mais sairia do seu lado. Seria sua maior defensora, advogaria em causa própria e protegeria a si mesma com uma força nova, que nunca soube existir até aquele momento.

Ela fazia o caminho de volta, mas isso não significava retroceder. Ao contrário, sabia que tinha passado por uma grande experiência, e mesmo não tendo os resultados planejados, a vida se incumbira de dar um desfecho novo, e ninguém sai o mesmo depois de ter vivenciado o amor e a perda dele. Era uma nova mulher e se orgulhava disso. "A decisão certa também dói", repetia para si mesma, enquanto fechava os olhos e deixava o trem conduzi-la a um novo futuro...

Amor, atenção, carinho e consideração a gente não agradece, e sim retribui

Quando tentei te explicar o que estava sentindo, expus minha dor e disse que aquilo estava me machucando. Em momento algum quis te criticar ou cobrar uma mudança de atitude. Eu apenas me posicionei. "Não está me fazendo bem."

Você, sem saber o que responder, me alfinetou: "Difícil te agradar, hein?".

Então, mais uma vez entendi que não adiantava discutir. Cada um oferece aquilo que consegue ofertar. Porém, queria que soubesse, não sou difícil de agradar. Qualquer música no meio da tarde, um emoji de coração ou de beijinho, um bombom ou uma flor colhida no jardim me cativa ou conquista.

Eu não desejo alguém que domine todos os assuntos, mas que puxe papo, mande áudio, uma foto aleatória, ou um "oi, adivinha onde estou" quando passar por uma cafeteria. Eu não quero alguém que me dê presentes caros, mas que entenda o valor de uma lembrança ao retornar de uma viagem ou de um convite para um vinho no fim do dia. Eu não preciso de alguém que me ligue todos os dias, mas que entenda a importância de uma mensagem no dia seguinte de uma noite regada à cerveja e amor.

Eu não procuro alguém que me mande flores, mas que cogite colocar um emoji colorido ao lado de um bom dia ou boa noite para eu saber que, de alguma forma, sou especial. Eu não tenho a pretensão de que fale comigo toda hora, mas que se lembre de mim ao recomendar uma série nova, comemorar a promoção no trabalho ou chorar a derrota do seu time.

Relacionamentos não são feitos de uma grande coisa, e sim de um milhão de pequenas coisinhas. Eu não sou difícil de agradar, e é necessário tão pouco para me ganhar.

Porém, aprendi que amor, atenção, carinho e consideração a gente não agradece, e sim retribui. Com o tempo a gente cansa de *puxar assunto, chamar de linda(o), mandar print, dizer que tá com saudade, demonstrar interesse, enviar uma música, oferecer um mimo, dar bom dia, dizer "dorme com Deus"...* e, então, quando desiste e vai embora, nem sempre quem fica tem noção do que aconteceu.

Relacionamentos acabam não somente por uma grande mancada, e sim por milhares de pequenas ausências e motivos bobos que se somam no dia a dia. Chame pra uma conversa, resolva no olho a olho, não deixe acumular. Não fique estranho do nada, não retribua silêncio com mais silêncio ainda, evite cobranças desnecessárias e críticas.

Faça tudo o que estiver ao seu alcance e depois solte. Se trate bem e espere que a vida seja recíproca com você também. O tempo dirá o que deverá ficar. E, sem sombra de dúvida, deixe ir o que não tem mais nada a te acrescentar.

"É preciso aprender a se levantar da mesa quando o amor não está sendo mais servido"

A festa tinha terminado, mas Lucy continuava ali, sentada na mesa próxima ao palco, contemplando o que antes havia sido um banquete farto e delicioso.

A bolsa dependurada na cadeira, os restos do batom na boca, a mesa vazia.

Ela sabia que a festa tinha terminado – a gente sempre sabe. Mas insistia em permanecer ali, sentada, sozinha... na esperança de que tudo recomeçasse outra vez.

Mas a festa tinha terminado. As luzes estavam acesas, o salão vazio, o silêncio reverberando em todos os cantos do ambiente.

Tinha sido uma celebração fantástica: houve música, alegria, comida farta, gente rindo e se divertindo. Ela se apegava às lembranças, desejando ardentemente que o baile recomeçasse. Mas ele não iria recomeçar. E, bem lá no íntimo, ela sabia.

A festa tinha acabado. Mas ainda assim, ela permanecia sentada, o vestido de tafetá arrastando no chão, os guardanapos amassados sobre a mesa, a esperança dançarina no olhar dirigido a cada trinta segundos para o relógio de pulso. Ninguém viria ocupar os lugares vazios, nenhum garçom voltaria a se aproximar da mesa, nenhum músico da banda recomeçaria o show. A festa tinha acabado.

O baile tinha sido tão vibrante... tão intenso, verdadeiro, real, significativo e pulsante! Lucy nunca havia sido tão feliz quanto naqueles momentos de fartura, música, amor e dança e por isso era tão difícil levantar-se da mesa e despedir-se sem uma pontinha de esperança de que tudo voltasse a ser como antes. Ela se apegava às lembranças e relutava em aceitar a nova realidade.

Porém, por mais que ela quisesse, pararam de servir o prato principal. Por mais que ela desejasse, pararam de oferecer as bebidas e os canapés. Por mais que ela sonhasse, agora só havia migalhas, e isso não era nem de perto o que ela se lembrava de ter experimentado anteriormente.

O amor não estava mais sendo servido. Restavam só pedacinhos de afeto que ela sabia que não eram amor, mas insistia em acreditar que poderiam voltar a ser.

Finalmente, alguém se aproximou de Lucy e falou baixinho em seu ouvido: "Moça, me dá sua mão. A festa foi linda, perfeita, inesquecível... e talvez você nunca experimente nada parecido novamente. Mas essa festa que você insiste em esperar, ela acabou. Ela teve o tempo dela, e que bom que te fez feliz em alguns momentos. Mas agora restam apenas porções ralas, que jamais irão te sustentar. Vem, levanta da mesa porque o banquete não voltará".

Lucy sabia disso. Mas seu coração não. E por isso era tão difícil se despedir. Mas então algo aconteceu e ela entendeu. Se ela continuasse ali, passiva e cheia de expectativas em migalhas, seriam só migalhas que ela iria receber. Porém, se ela fosse firme e corajosa o suficiente para recusar porções ralas, talvez o jogo virasse lá na frente.

Sem mais pensar, levantou-se e saiu da mesa. O amor não estava mais sendo servido, e ela não se contentaria com restinhos de afeto espalhados pelo salão. Tinha saudade, e não abstinência. A saudade lembrava que ela tinha amado e sido amada. Já a abstinência, era como a falta de um vício. Nunca fora tão feliz como naquele banquete, mas nem por isso aceitaria requentar em banho maria, sozinha, o que um dia tinha sido AMOR...

O título do texto faz parte da letra da música
"You've got to learn", de Nina Simone.

desista de procurar lares
dentro de outras pessoas
você é seu próprio abrigo
seu corpo te dá respostas
todos os dias, basta escutá-lo
confie nas reações do seu corpo,
elas são a voz da alma

você é seu próprio lar

Quem a vê assim, tão livre, não imagina a luta que foi se libertar

Parou na frente do espelho, e os olhos de ressaca a encararam. Ficou um tempo ali, em transe, gostando do que via. No colegial, apaixonou-se pela personagem de Machado e, desde então, havia dias em que acordava assim, meio Capitu. O esmalte descascado nas unhas lhe conferia um ar boêmio e, apesar do banho e do demaquilante, as sobras do rímel à prova d'água reafirmavam a mulher caótica que habitava seu ser e da qual não queria livrar-se, mesmo que isso lhe causasse alguma dor.

Havia um quê de poesia e caos nas meias-calças de seda desfiadas, no batom vermelho que ficava marcado nas taças de cristal, nas tattoos espalhadas pelo corpo, na lembrança do vício em cigarros baratos.

Muito disso havia ficado para trás, mas quando acordava assim, meio Capitu, colocava um LP antigo no toca-discos vintage e, de olhos fechados, se arrumava para o trabalho ao som de "O mundo é um moinho", do Cartola. Sambava de salto agulha na cara da dor, dava uma sacudida nos ombros afugentando a melancolia e não permitia que a tristeza lhe fizesse companhia.

Ela era misteriosa e gostava disso. Ninguém sabia o que realmente pensava e que ilusões não tinha conseguido abandonar – não porque fosse apegada, mas porque lhe conferiam um ar enigmático que ela não ousava contestar.

Muitas vezes não esperava o pôr do sol para servir-se de uma taça de vinho tinto. "Em algum lugar do planeta já passa das 18 horas", costumava dizer, e isso bastava. O vinho era pretexto para o choro entalado na garganta vir à tona, e de novo Cartola a abraçava. Sambava ao som de "Disfarça e chora" e deixava a voz do lamento explicar-lhe mais uma vez as regras do jogo – sim, o carrossel nunca para de girar...

No fundo, no fundo, ela gostava dessas coisas. De viver com o coração remendado, de sentir o salto agulha da aflição, de se jogar num mar turbulento de emoção. Quem disse que ser feliz era existir sem correr riscos, sem fúria, lamento, paixão e redenção?

Quem a via assim, tão livre, não imaginava a luta que tinha sido se libertar. Vivia na prisão do medo: medo de ser malvista, malfalada, mal-avaliada. Se desculpava por ser de verdade, se culpava por querer se ouvir e se respeitar. Desejava ser perfeita em todos os seus convívios, até descobrir que o melhor relacionamento que deveria ter era consigo mesma – a ligação que jamais iria a abandonar...

foi como se o chão se abrisse
e o último degrau da escada

não

existisse
você me desestabiliza

Nem todo silêncio é ausência. Nem toda ausência é esquecimento...

Elena era nadadora. Não apenas nadadora, nem campeã de nado algum, mas era nadadora. Na infância participara de campeonatos, ganhara alguns e até sonhara em seguir carreira – mas não tinha talento suficiente para viver de olimpíadas, medalhas e patrocínios e, por isso, cursou arquitetura. A carreira estável oferecia a segurança que as braçadas na piscina não proporcionavam. Mas era ali, entre raias olímpicas e três metros de profundidade, que se sentia mais feliz. Livre.

A piscina do Clube Recreativo era sua velha conhecida. Sabia de cor, mesmo nadando costas, onde estava a borda e em que momento deveria fazer a virada. Costumava nadar dois mil e quinhentos metros, cinquenta piscinas em uma hora de treino, sua terapia de todos os dias. Os problemas ficavam menores, a vida encontrava um sentido novo. Seus amigos frequentavam o divã, ela frequentava a raia quatro.

Naquela tarde, porém, não estava funcionando. Elena subiu no bloco de largada e, quando mergulhou, sentiu a água chicotear seu corpo. Foi a deixa para seus olhos encherem-se de lágrimas e ela arrancar num nado *crawl* violento, no qual cada braçada tinha a força da raiva e da frustração que sentia. Nas dez primeiras piscinas, chorou; depois foi se acalmando, e a água, misturada às lágrimas, teve poder calmante, anestesiando-a. Na trigésima virada, a irritação começou a dar lugar ao entendimento e, da quadragésima piscina em diante, voltou a chorar – mas dessa vez era um pranto suave, libertador.

Horas antes, no escritório onde trabalhava, havia derrubado uma xícara de café quente sobre seu mais novo projeto. Ela tinha a cópia no computador, mas o café se espalhara não somente sobre a planta detalhadamente desenhada – ele também se espatifara sobre o notebook e, ao que parecia, havia sido perda total. Porém, o pior não era somente o café, e sim o que provocara tal desequilíbrio.

Uma briga por ciúmes – farpas trocadas por mensagens de texto e muitas acusações – tinha sido o gatilho para o desequilíbrio de Elena. Fora pega de surpresa. O namorado guardava mágoas antigas, e uma foto entre amigos publicada no Instagram havia sido o estopim. Ela desconhecia esse lado dele e, de repente, três anos de mágoas reprimidas vieram à tona. A xícara de café entornou. O namoro também.

A gente enxerga melhor quando os olhos estão úmidos, pois a lágrima lubrifica a visão, e o pranto nos reconecta às profundezas da alma, onde vivem a intuição e a compreensão. Um choro farto, seguido de silêncio e solitude, pode trazer mais benefícios que ganhar uma discussão. Ter paz vale mais que ter razão.

Elena gostava de sua própria companhia, e nadar era seu momento perfeito de solitude. As ideias entravam nos eixos, o corpo liberava hormônios de bem-estar, o silêncio trazia paz.

Ela não falaria nada. Nem se desculparia por ser de verdade. Tomaria um banho quente, se serviria de uma taça de vinho tinto e dormiria mais cedo. Sabia que não seria fácil, mas confiaria no tempo e se calaria até os ânimos acalmarem.

Apesar de nossa ansiedade em agir, na maioria das vezes o silêncio é a melhor ação. É no silêncio e no distanciamento que damos espaço para Deus colocar os nervos à flor da pele no lugar e facilitar que a sabedoria se aproxime da consciência. Depois que você silencia, o outro passa a te entender e conhecer melhor. Por incrível que pareça, a ausência de palavras traz mais entendimento que o excesso delas. É no afastamento, no fazer falta e no silêncio absoluto que muita coisa é dita através da comunicação não verbal. Nem todo silêncio é ausência. Nem toda ausência é esquecimento...

Não vou permitir
que a definição que você tem de mim
seja a minha definição

Não vou pedir desculpas por ter sido de verdade

Será que a carência faz a gente enxergar amor em tudo, mesmo onde não devia?

Será que o tédio, a falta do que fazer, a dificuldade de achar um filme bom na tevê... será que tudo isso pode se transformar na falta que acredito sentir de você?

Será que essa vontade que tenho de que tudo se concretize, de que você apareça na minha porta ou quem sabe me mande um oi assim, do nada, no meio da tarde é só a súplica de uma alma andarilha que não sabe muito bem que rumo tomar?

A verdade é que esperei por você. Esperei por uma atitude sua que me autorizasse dar um passo também. Mas você não veio. Você nunca veio. Então recuei duas casas, porque aprendi que a gente não deve ficar esperando pelo investimento do outro. A gente tem é que diminuir o nosso investimento também, para descobrir qual é o ritmo da relação. Então parei de investir, aguardei um, dois, sete dias. E constatei que, em todo esse tempo, só eu havia investido. Só eu acreditava na história que me contava.

Eu dizia "venha quando quiser", mas você nunca veio. Eu fingia não ligar, fazia um ar meio *blasé* de quem não se apega, não cobra, não atormenta. Mas no fundo aquilo me doía, me consumia, e as mentiras que eu inventava para mim mesma não aliviavam a falta que eu sentia.

De alguma forma eu sabia. A gente sempre sabe. Só eu te queria. Só eu te procurava. Só eu relevava a falta que aquele amor inventado me fazia.

Hoje tenho a alma cansada e os ombros pesados por ter acreditado nas ilusões que criei.

Mas não vou me culpar nem me desculpar.

Não vou me desculpar por ter sido de verdade, por ter me entregado por inteiro, mesmo sabendo que não devia. A única dívida que tenho é comigo mesma.

Agora tudo mudou, e preciso cuidar mais de mim.

Tenho vontade de dizer, mas não digo.

Tenho vontade de me atirar, mas não me atiro.

Tenho vontade de agir, mas não ajo.

Tenho vontade de escrever, mas não escrevo.

Te vejo online e começo a digitar, mas me seguro.

Te quero bem, te quero comigo... mas não demonstro.

Prefiro a solidão... ao seu "não"...

Fico abraçada à ilusão do seu sim, pois o medo de perder o que nunca tive é maior que a disposição pela (não) concretização.

Não foi sempre assim. Um dia me atirei de cabeça e me feri na mesma proporção.

Hoje mergulho até onde a água toca minhas canelas, e sei que pago o preço por viver pela metade.

Mas agora decidi ficar do meu lado. Me ouvir. Me amparar. Se devo um pedido de desculpas a alguém, é a mim mesma. E me absolvo com amorosidade, pois o tempo todo fui quem eu sou de verdade. E se isso não bastou para você, a culpa não me cabe. Não vou permitir que a definição que você tem de mim seja a minha definição. Sei que um dia alguém vai querer ficar. E vai permanecer por gostar justamente desses detalhes que você desprezou.

você não vai se curar
se continuar revisando
cada página
da história

que acabou

A mudança é processo. A cura é processo

Catarina carregava diversas mortes dentro dela. Seu olhar enlutado, olhos verdes marejados de ausências e dor, atraía homens e mulheres. Era cortejada e seduzia pelo simples movimento de existir. Desejavam sua angústia, suas lágrimas e seu corpo. Por trás das gentilezas veladas, havia um consenso silencioso, uma disputa muda pelo coração da mulher de meia-idade, cujo maior atrativo era o caos que carregava, a dor indecifrável, as pálpebras borradas de rímel misturado a lágrimas, o vício em vodca e noitadas.

Algumas mulheres, movidas pelo ciúme, diziam que Catarina tinha enlouquecido após a morte do filho. Mas quem a conheceu antes da tragédia garantia que ela já era assim, uma mulher que seduzia pela marca da dor, como se precisasse de colo e cuidados, tão frágil e indefesa que o simples fato de respirar requeria atenção.

O caos de Catarina era sedutor. Dizem que somos atraídos por características que existem no outro e refletem algo nosso. Assim, já que todos carregamos dores e vazios, a demonstração explícita de silêncio e faltas em Catarina era inegavelmente atraente. Havia uma necessidade de organizar sua bagunça, oferecer-lhe abrigo, pegá-la pela mão e ampará-la; mas ela já tinha alguém, e Cícero era um homem tão bom!

Será que todas as nossas dores advêm somente do que foi vivido, ou carregamos feridas e solidões ancestrais, passadas de geração em geração, que latejam nas horas mais improváveis, por motivos aparentemente banais?

Nem tudo mora no visível, ela sabia. E, para se curar, era preciso acessar dores que não se podia tocar, memórias de tempos não vividos, histórias de guerras ancestrais. Era preciso soprar queimaduras que marcaram gerações e tratar feridas causadas pela permanência de exércitos em desertos afetivos.

Às vezes a gente busca a imperfeição. Aquilo que se mostra mais conhecido, o que nos mobiliza, o que cutuca nossa pele e reabre nossas feridas parece ser o mais certo. Como um estilete cortando a pele, escolhemos o amor mais difícil, mais doloroso, mais compatível com nossas angústias tão familiares.

Catarina se automutilava, e Cícero lambia suas feridas. Mas não era o amor de Cícero que ela queria. Ela desejava alguém que ardesse como ela, que entendesse seu caos e abandono, alguém que de certa forma a abandonasse também. Ainda não encontrara esse alguém, pois todos queriam permanecer e cuidar dela.

Decidiu, então, ela mesma se abandonar. No princípio parou de lavar o cabelo. Aos poucos foi deixando de comer, tomar banho, levantar-se da cama. Porém, numa manhã em que mal conseguia abrir os olhos, seu quarto foi invadido por visitantes ilustres. Eram as mulheres que a antecederam, mulheres que corriam em suas veias e sabiam de cada uma de suas fragilidades. Suas ancestrais, avós e mãe de sua mãe, estavam ali para pedir que se levantasse, que sua cura fosse a cura delas também.

Então, assim como ela mesma havia decidido se abandonar, descobriu que só dependia de si mesma ser seu próprio abrigo. Mas não é de uma hora pra outra que a gente muda.

Não é de uma hora pra outra que a cura vem. A mudança é processo. A cura é processo. E ela teria paciência com seu tempo. Ela faria isso por si. E também por todas aquelas que um dia a antecederam.

"Borboleta que voa entre espinhos rasga as asas"

Parou no sinal vermelho e seu olhar imediatamente encontrou outro olhar: o da mulher com as sacolas de plástico no ponto de ônibus. Imediatamente, lágrimas reprimidas romperam a censura de seus olhos, e um choro repleto de significado veio à tona. Debruçou-se no volante e, naqueles segundos entre o "pare" e o "siga", conseguiu acessar algo que pensou ter enterrado, mas que o olhar da outra jovem trouxe de volta. Por mais que cada uma tivesse uma vida, vários caminhos e histórias, havia um fio invisível entre elas. E, de alguma forma, ela entendeu que aquela mulher sabia o que ela sentia. Era conhecedora de seu mistério.

Horas antes, tinha experimentado uma profunda solidão. Mas não é isso que somos? Seres sozinhos que vez ou outra se distraem com afazeres, pessoas, encontros, alegrias? Mas, passado o tempo das distrações, voltamos a ser somente nós e nossa inegável solidão. Algumas vezes a solidão é positiva e plena. Outras vezes, porém, a solidão devora. E, momentos antes daquele encontro de olhares no sinal, uma ausência havia sido capaz de devorar sua coragem. A coragem que ela lutara tanto para alcançar.

O que ela havia entendido, e que provocara o pranto, é que por mais que você seja vitoriosa e segura; por mais que tenha se esforçado, lutado muito por si mesma, alcançado seus objetivos, superado seus traumas... por mais que tudo isso ocorra, de vez em quando a vida vai te testar. Para ver se você realmente venceu, se sua coragem e autoconfiança são genuínas. Ou se um abandono inédito, uma dor nova ou uma rejeição diferente pode reabrir antigas feridas, te conduzir a abismos – velhos conhecidos para onde você jurou jamais retornar – e fazer você duvidar de seu valor.

As histórias mal resolvidas, os silêncios cruéis, as respostas monossilábicas, as dúvidas provocadas pela falta de diálogo e, naquele momento, a recusa de um abraço – que poderia dissolver todo mal-entendido e todo abismo que havia entre eles – havia sido a resposta que ela buscava. Não podia mais permanecer ali. Não podia mais insistir em amar alguém que não sabia amá-la de volta e, por isso, partiu. Sem mais adiar, fez as malas, colocou no carro, abasteceu... e, no primeiro sinal fechado, desabou.

Há um provérbio africano que diz: "Borboleta que voa entre espinhos rasga as asas". Às vezes você é uma borboleta: linda, leve, livre, cheia de vida e cor. Porém, pode ter suas asas rasgadas se voar entre espinhos; ou ter seu amor-próprio devastado se amar alguém que não aprendeu a te amar de volta.

Ela consertaria as próprias asas. Já tinha se despedaçado um milhão de vezes, e infinitas vezes havia ficado de pé novamente. Era sensível e intensa, mas amar demais alguém a assustava. Desejava uma vida em que pudesse se atirar sem medo de se estilhaçar; uma existência mais profunda onde houvesse sede, vontade, empenho. E onde não fizessem parte os silêncios, o medo, e a frieza gélida que a afastava.

Porém, uma nova consciência a alcançara: por mais que desejasse o pacto, a união, o relacionamento com alguém...

nada a livraria de si mesma e do retorno para o único encontro realmente possível: a inevitável solidão que a habitava (e que habita qualquer um, invariavelmente).

PARTE 2

Quando a vida pegar pesado com você, se pegue no colo

Vai, abre a janela, promove uma mudança externa
você diz que isso te anima e ajuda a mudar as coisas do lado de dentro
vai, corta esse cabelo, troca os brincos, pinta as pálpebras de laranja
abre o fecho da blusa, passa um perfume diferente, colore as unhas
                                              [de vermelho carmim
faz uma playlist nova, acende uma vela, compra um livro novo,
troca o calendário por um quadro, caminha na grama, dança de
                                              [olhos fechados
vai, me dá sua mão
aos poucos seu antigo *eu* deixará de resistir e permitirá que uma nova
                                            [versão de si mesmo venha à tona
vai, respira fundo, você sabe que chegou a hora
vai, coragem, é momento de fechar a porta

Deus é especialista em reviravoltas

Há acontecimentos que a gente escolhe e acontecimentos que escolhem a gente. Há histórias que batalhamos para que sejam contadas e histórias em que nos tornamos protagonistas da noite para o dia, sem tempo de decidir se queríamos participar. Tem momentos que torcemos para que se concretizem e momentos que se realizam sem a nossa permissão, nos surpreendendo de forma positiva ou não. Tem vida que a gente reconhece, e vida que reconhece a gente.

Por mais que tentemos arquitetar, por mais que imaginemos controlar as velas, por mais que tenhamos todo o roteiro de nossas vidas planejado e passado a limpo... ainda assim seremos surpreendidos. Ainda assim teremos que lidar com aquilo que a gente não decidiu, mas a vida decidiu pra gente.

Deus é especialista em reviravoltas. Nenhuma história chegou ao fim, nenhum enredo é definitivo, nada é absoluto, tudo é transitório. Você não "é", e sim "está". A vida é movimento; cheia de vírgulas, mudança de parágrafos, quebra de linhas. Não se afobe, esteja preparado para tudo, aproveite o momento presente. Nada está concluído ainda. Estamos de passagem, nada nos pertence.

Algumas vezes você vai sentir que pegou o trem errado. Que está se afastando da estação, distanciando-se cada vez mais do destino que planejou, sendo conduzido dentro de um vagão que corre para o lado contrário ao que você pretendia. E então, desesperado por causa do engano, você não enxerga que embarcou no melhor trem – muito superior àquele que você queria – e está sendo conduzido por uma paisagem centenas de vezes mais bonita. Sua indignação por ter tomado o trem errado supera sua capacidade de apreciação do momento e, lamentando sem parar, você deixa de reparar em toda sorte que a vida lhe dá.

Nada nos prepara para o que virá. Assim, é verdade que nem sempre o que está reservado para nós é a melhor viagem, no melhor assento, com vista para a paisagem mais exuberante. Porém, é o destino que nos cabe no momento. Dizem que "o que não é bênção é lição", e concordo com a afirmação. Então, se o que está reservado a você é uma rota confusa, num vagão apertado e sem ventilação, embarque e acalme seu coração. Talvez a vida esteja só o desafiando a confiar. Deus é especialista em reviravoltas e, num piscar de olhos, tudo pode mudar...

meu coração foi quebrado
em tantas partes
que teve que ser deixado
no gesso.
como um membro que se parte,
o coração da gente também se fragmenta.
é preciso tempo
pra colar as lascas e remendar os batimentos.

Quando a vida pegar pesado com você, se pegue no colo

Algumas vezes a vida nos devora. Sem pedir licença, sem muita cerimônia, ela nos engole. Não há avisos, pista alguma, nenhuma anestesia. A existência nos pega de surpresa e, quando nos damos conta, percebemos que não adianta muito querer controlar ou escolher, a vida tem seu próprio roteiro, e basta estar vivo para estar sujeito ao caos.

Temos a tendência de acreditar que estamos no controle, dominando nossos rumos, determinando com precisão o que acontecerá no dia seguinte, na próxima semana, no ano que vem. Nos foi dado o livre arbítrio, e acreditamos que isso bastaria. Mas a vida é aprendizagem e, se pudéssemos controlar, assinar e autenticar todos os contratos, que evolução teríamos?

Nem sempre a vida pega leve. Nesses momentos, só nos resta fechar as persianas do quarto e da alma, silenciar os pensamentos e esperar a tempestade passar. Insistir em brigar com a vida, recusando-se a aceitar o inevitável, rejeitando o que não tem remédio, lutando contra o tempo e o espelho ou debatendo-se sem sair do lugar é perda de tempo até mesmo estupidez. Dê um tempo, durma um pouco, saia de cena, silencie e respire...

Às vezes tudo o que a gente precisa é que a vida nos anestesie por alguns instantes, que o tempo pause e a gente se pegue no colo. De vez em quando, tudo o que a gente quer é que o mundo faça silêncio para que possamos nos ouvir com perdão e amor. Às vezes fica tudo tão confuso e caótico aqui dentro que a gente só precisa se insensibilizar um pouco, para que a autotolerância venha à tona e promova a analgesia de nossas culpas e arrependimentos. Só assim poderemos brindar aos recomeços...

"Na vida você não precisa dar tantas explicações. No final, as pessoas entendem o que querem e o que lhes convêm"

Esses dias li uma postagem que dizia mais ou menos assim: *"Na vida você não precisa dar tantas explicações. No final, as pessoas entendem o que querem e o que lhes convêm. Sendo assim, contanto que você saiba que faz o bem e que não está aqui para prejudicar ninguém, apenas siga o seu caminho em paz".*

Não sei quem é o autor da frase, mas a citação me abraçou num momento em que atravesso um período de muitas reflexões acerca da coragem de me expor e da necessidade de aprovação.

Muitas vezes, a gente se sente impelido a pedir perdão por ser quem é. Em diversas situações, nos sentimos constrangidos simplesmente por existirmos e tentarmos ser autênticos e coerentes com nossos desejos. Algumas vezes, temos necessidade de nos justificar pela vida que vivemos e por nossas escolhas.

Não deveríamos dar tantas explicações, mas damos. Não precisaríamos nos incomodar tanto com o que dizem e pensam a nosso respeito, mas nos incomodamos. Não devíamos nos afetar com quem julga nos conhecer melhor que nós mesmos, mas nos deixamos atormentar. Não deveria ser necessário querer provar algo a alguém – já que as pessoas acreditam no que lhes convêm –, mas insistimos em tentar não decepcionar ninguém.

Unanimidade não existe. De vez em quando, você irá decepcionar alguns, e está tudo bem. Você não é perfeito nem infalível; você também tem direito de seguir seu coração, mesmo que isso não atenda às expectativas dos "donos da razão".

Fique em paz com suas decisões e escolhas; esteja tranquilo com a forma que você se expõe nas redes sociais – mesmo que isso incomode quem nunca se satisfaz, não perturbe o seu coração com exigências sobre-humanas. Muitas vezes as pessoas esperam muito de nós e, por querer cumprir o combinado, seguindo o *script* da expectativa alheia, acabamos numa prisão.

Lutamos por nossas reputações com unhas e dentes e acabamos perdendo a liberdade e a paz.

Quem nos ama de verdade e está do nosso lado para o que der e vier jamais irá nos julgar ou incriminar por um vacilo ou por algo que não saiu de acordo com as expectativas que ele mesmo criou a nosso respeito. Quem coloca tudo a perder e te incrimina por qualquer deslize não merece andar ao seu lado.

De repente você está vivendo a vida de outra pessoa, e não a sua, somente pelo desejo de agradar. De repente você deixa de olhar para seus anseios e necessidades e passa a querer cumprir o *script* daquilo que esperam de você somente pela obstinação de ser aceito e não decepcionar. Que preço alto de viver! Então, um dia você acorda e decide que é hora de mudar. E, de tanto fazer o "certo", quando você desiste de cumprir as expectativas externas, acaba sendo massacrado, pois não aprenderam que você também tem desejos, como todo mundo, e que você também quer ser senhor(a) de suas horas, como todo mundo.

Por fim, uma frase que li esses dias e fez todo sentido: *"Afastar-se de algumas pessoas é autocuidado"*. Preste atenção à sua volta. Nem todo mundo merece lugar de destaque no seu coração e na sua vida. Distanciar-se e manter apenas vínculos cordiais e diplomáticos com algumas pessoas pode ser questão de saúde mental. Nem todo mundo se relaciona de forma saudável e muitas vezes você acaba doando seu tempo e energia a relações que cortam suas asas e minam sua autoestima, quando poderia simplesmente dar um basta. Aprender a colocar limites e dizer "não" é um grande passo e representa um salto gigantesco na sua qualidade de vida. Afinal, ninguém percorreu seu caminho com seus sapatos para saber onde apertam os seus calos...

"Silencie seus planos. Plateia não assiste aos ensaios, assiste ao show"

Outro dia, conversando com uma amiga, desabafei e lamentei o fato de que nem todos aqueles que andam ao nosso lado torcem por nosso sucesso. Muitas vezes, são justamente essas pessoas próximas que desmerecem nossas conquistas e duvidam da credibilidade de nossos dons. Ela entendia bem do assunto – já tinha passado por isso – e então me disse: "toda posição de destaque é uma posição solitária".

A afirmação fez todo o sentido para mim. Relembrei o gosto amargo de algumas celebrações em que me senti tentada a me desculpar por estar feliz ou empenhada em pedir perdão por ter atingido algum objetivo.

Aos poucos a gente aprende que algumas celebrações serão só nossas, de mais ninguém. Quiçá poderíamos comemorar com um grupo seleto de pessoas especiais, que caberiam em uma mão. Talvez – e isso é o mais inusitado – poderíamos celebrar com alguns estranhos, pessoas distantes que por alguma razão torcem mais por nós do que aqueles que fazem parte do nosso convívio.

Algumas vezes na sua vida você terá que assumir uma postura reservada. Alguns momentos de sua jornada terão que ser trilhados em profunda solidão, pois serão momentos em que você irá vencer, brilhar, ficar em evidência de alguma maneira. E nem todos suportarão o seu sucesso. Nem todos aplaudirão seus feitos. Nem todos aguentarão ver você triunfar. É uma constatação triste, mas real.

Assim, não espere aplausos, elogios ou alegria genuína pelo seu sucesso vindos daqueles que te conhecem mais intimamente. Nem todos se alegrarão com suas vitórias, nem todos celebrarão sua felicidade. Tenha, antes, cuidado consigo. Silencie seus planos e seja discreto com sua felicidade. Alguns triunfos são só nossos, e é preferível que aconteçam silenciosamente, num brinde reservado, do que atraindo uma multidão – que nem sempre estará ali para prestigiar, e sim para desconsiderar...

às vezes é preciso
ficar em off
para que o pensamento da gente
encontre repouso e equilíbrio
desaparecer também é um ato de paz

E fora dos *stories*, como é que você está?

Adoro o Instagram e outras redes sociais. Através dos posts e *stories* me inspiro para escrever, me distraio momentaneamente de minha vida, acompanho o dia a dia de alguns amigos, conheço novos lugares, tenho acesso a novos produtos, dou risada de certos memes, acompanho meus leitores e o que dizem sobre meus livros, descubro novos filmes e séries para assistir. Como consumidora de livros, costumo visitar perfis de *booktubers* e leitores vorazes e sempre saio com uma boa dica de livro para adquirir.

 É claro que eventualmente me canso de tudo isso, sou consumida por uma estafa mental e fico saturada ou entediada desse mundo virtual – que é ao mesmo tempo ilusório e real. São novos tempos, e pra quem conheceu o outro mundo (aquele, antes da internet), fica sempre o questionamento: as coisas melhoraram ou pioraram?

 A resposta parece óbvia: nem tudo piorou, nem tudo melhorou. Saber extrair o melhor daquilo que temos à disposição e tentar não se deixar seduzir por aquilo que sabidamente é só ilusão se torna essencial para tirar de letra esse relacionamento quase sério que temos com as redes sociais.

 É preciso entender que a vida não é aquilo que é postado nos *stories*, e sim o que fica fora do alcance das câmeras, nas entrelinhas, na declaração feita olhos nos olhos, no choro abafado no travesseiro, nas noites de insônia e pesadelo, no amor não correspondido, no coração aos pulos antes do primeiro beijo, nos olhares profundos e silenciosos, na mágoa, no perdão, na reconciliação com a existência e seus recomeços. A vida é a ansiedade antes da festa, os dedos sujos enrolando brigadeiro, o frio na barriga antes da entrevista de emprego. A vida é o abraço no pior momento, a descoberta de que somos mais fortes do que imaginamos, a cura gradativa que só o tempo proporciona.

Só o tempo cura. E tentar apressar as coisas comparando-se com aquele *instagrammer* superdescolado, que terminou um casamento de cinco anos e já está morando com outro alguém na Europa, sempre sorrindo, sempre se exercitando e comendo bem é, no mínimo, um desrespeito com você mesmo. Não se iluda. Todo mundo sofre, todo mundo acorda um dia ou outro sem vontade de sair da cama, todo mundo enfrenta desafios e dificuldades, todo mundo se pega perguntando se está no caminho certo, todo mundo tem uma dor secreta dentro de si.

Porém, ninguém quer consumir dor. Já temos aflições e dificuldades o bastante para lidar no dia a dia e, quando vamos para as redes sociais, na maioria das vezes queremos consumir beleza e realização. Mas é preciso entender que ali estamos diante da vida editada, e os cortes deixam de fora as imperfeições, os fracassos e as frustrações inerentes à vida de qualquer mortal.

Desejo que você esteja bem, muito além das edições e filtros dos *stories*. Que você não force a barra dos seus piores dias, mas entenda que tudo se finda e se renova o tempo todo, e no fundo a gente está sempre recomeçando, mesmo que não perceba no momento. Que o melhor da vida o alcance, e encontre-o em boa sintonia, aberto às novas possibilidades. Que você aprenda a lidar com seus momentos de solitude e introspecção e saiba se pegar no colo quando o choro quiser vir à tona. Desejo que saiba separar seus medos antigos dos atuais e que consiga ser tolerante com suas limitações, entendendo que mais cedo ou mais tarde a cura chegará, quando você menos esperar...

fui embora sem me despedir
e deixei que o silêncio comunicasse por mim
algumas palavras são mais bem compreendidas no vazio

Nem tudo precisa ser dito

Outro dia, postei uma frase no meu Instagram, que dizia: *"Há um silêncio contido em cada um de nós, que nos conversa, que nos fala. É desse silêncio que as coisas nascem e outras morrem..."* Não achei o autor da frase, mas fiquei bastante pensativa a respeito disso.

Tenho aprendido que muitas coisas se expressam melhor através silêncio. Muito recado é mais bem dado através do silêncio ou de poucas palavras. Às vezes, dizer o mínimo transmite tudo, enquanto fazer "textão" ou longos discursos acerca de um ponto de vista põe tudo a perder.

Já errei muito, me excedi demais e não fui ouvida como gostaria quando me dediquei a escrever linhas e linhas acerca do meu ponto de vista. Hoje, olhando para trás, percebo que só gastei energia, me tornei desagradável e obtive justamente o efeito contrário. Aquele que fala demais ou escreve demais para convencer alguém do seu ponto de vista acaba se tornando enfadonho e perde totalmente a credibilidade. Falar pouco, mas ter segurança no que diz, sem precisar repetir inúmeras vezes o que pensa, é sinal de poder.

Embora pareça o contrário, quem se excede nas palavras está cada vez mais diminuindo seu domínio ou fascínio.

Nem tudo precisa ser dito. Às vezes, a única coisa que você precisa fazer é ficar em silêncio, esperando que o tempo cure, que o tempo apare as arestas, que o tempo traga entendimento.

Quanto mais você tenta controlar, mais as coisas fogem de você. Quanto mais você deixa as palavras jorrarem indiscriminadamente de sua boca, mais você perde. Quanto mais você deixa a emoção conduzir, menos razão você tem. Quanto mais textão você envia, mais maçante você se torna.

É preciso silenciar para escutar a nós mesmos também. Para que no silêncio, algumas respostas sejam encontradas e, para que, na quietude da nossa mente, algumas coisas nasçam e outras se despedacem.

Quanto mais você se explica, se justifica, tenta convencer alguém de algo ou busca se posicionar através do excesso de palavras, menos ouvido você é. Se algo te atinge, te afeta ou te desmerece, se posicione em poucas palavras e se afaste. O tempo e a ausência são excelentes peneiras do que deve ir e do que deve ficar.

Por mais que tentemos fugir ou negar, a vida é um jogo. E está cheia de regras invisíveis que poucos conhecem. Um dos segredos que torna alguém um jogador poderoso é saber silenciar na hora certa ou evitar se desgastar e tornar-se patético através do excesso de palavras ou cobrança. De tanto errar, dar cabeçadas e fazer jogadas ruins, alguns de nós aprendem. Infelizmente, algumas partidas já foram encerradas quando isso acontece, mas certamente essa pessoa não errará novamente na partida seguinte.

Pare de cobrar atenção, atitudes e sentimentos. Quanto mais você cobra, mais distante o outro ficará, e menos você terá. Baixe a guarda das expectativas, deixe as cobranças em *off*, diminua o foco das carências. Solte, silencie, se afaste. Deixe de ser insistência e passe a ser abstinência.

Finalmente, cuide de você. Há um silêncio contido em cada um de nós e, de tempos em tempos, é preciso visitar esse lugar de descanso e quietude que nos habita. Feche as persianas, acenda uma vela, respire fundo. Deixe o silêncio lhe falar. Deixe o silêncio lhe mostrar o que deve ficar e do que você precisa se desapegar...

A gente sabe quando o tempo de algo chegou ao fim

Você sente o vendaval se aproximando e fecha as janelas para que o vento não invada a casa e altere tudo do lado de dentro. Mas a ventania não é obediente; encontra frestas, vãos debaixo da porta, fendas na parede, rupturas nos batentes. Então, em questão de segundos, nenhum cômodo é mais o mesmo. Nenhum objeto permanece no lugar. Nada continua como antes. O vendaval jamais poderá ser evitado. Cedo ou tarde ele chega, e quanto antes você entender que é melhor aguardar a turbulência passar em vez de desesperadamente tentar detê-la, mais cedo estará pronto para a cura, para uma forma de vida completamente nova.

A gente sabe quando o vento levou embora as promessas e varreu as cartas. Sabe quando alguém nos fez sentir únicos, especiais... e, de repente, não mais. A gente sabe que tudo mudou, mas finge não saber. As rosas do buquê murcharam, mas você continua trocando a água do vaso de cristal na esperança de que os botões voltem a desabrochar.

A gente sabe quando o tempo de algo chegou ao fim. A gente sabe, mas finge não saber, porque é mais fácil lidar com a ilusão. Porque no fundo imaginamos que o nosso querer – somente o nosso querer – seja suficiente para que as coisas voltem a ser como eram antes.

O perfume acabou, mas você tem esperança de que no fundo do frasco ainda haja um vaporzinho capaz de te perfumar. O vinho secou, mas você vira a garrafa desejando uma última gota capaz de te embriagar. O sapato não serve, mas você insiste em calçar. O café esfriou, e você não tem nenhum fogareiro para requentar. As gavetas estão cheias de tralha, e você reclama que falta espaço para algo novo chegar.

É mais fácil cruzar os dedos e fechar os olhos bem apertadinhos, desejando que, ao abrir, tudo volte a ser como antes. Mas a vida nos abriga e desabriga; dá e tira; oferece e toma de volta. Vida é carrossel, e quer de nós desarranjo e readaptação. É preciso viver os lutos com aceitação e paciência, mas depois abrir mão.

A dor precisa ser reciclada para acomodar-se no peito e aos poucos tornar-se cicatriz imperceptível. Antes de se dissipar, ela rasga a pele e desnorteia os sentidos, mas se perdemos o medo da dor, ela fica mais tolerável.

Porque no fim das contas, ninguém sai ileso da vida, e somos inocentes em pensar que nunca iremos nos machucar. Sentimentos são incontroláveis; quem nos ama pode nos ferir de vez em quando; vivemos num mundo de promessas quebradas, e a vida é uma enorme torre de Babel onde o encantamento, o assombro, os conflitos e as inadequações podem conviver perfeitamente bem com a beleza, o contentamento e a alegria.

> "Se não formos gentis uns com os outros, como é que vamos ser gentis com o desespero que mora em nós mesmos?"

Há um versículo bíblico que diz mais ou menos assim: *"a boca diz aquilo de que o coração está cheio"*. Essa expressão carrega um bocado de sabedoria, à medida que entendemos que a forma como nos relacionamos com os outros é a forma como nos relacionamos com nós mesmos. E só podemos doar ao outro aquilo que temos de sobra.

Da mesma forma, há a tendência de projetarmos nós mesmos no outro. E acabamos nos relacionando com espelhos. Assim, se acreditamos que amar é enviar mensagens no WhatsApp a cada seis horas e a pessoa que diz nos amar não é capaz disso, imaginamos que ela não nos ama, quando na verdade ela tem outras maneiras de expressar seu amor, e que, por destoarem de nossas expectativas, podem ser encaradas como desamor.

Na maioria das vezes, pessoas pouco gentis, pouco amorosas e pouco generosas com outras tratam a si mesmas da mesma forma. Mesmo que não transpareçam, no fundo são mesquinhas e avarentas consigo mesmas. Falta-lhes autocompreensão, amor-próprio, perdão.

Porém, muita gente se doa além da conta. Seja por entender que precisa agradar para ser amado, ou por acreditar que precisa passar uma imagem de perfeição, ou mesmo porque quer ser admirado pelo mundo que o cerca. A pessoa se desagrada para agradar e paga um preço alto por isso, já que a doação não é genuína e a dívida que está acumulando consigo mesmo será cobrada lá na frente, muitas vezes na forma de ressentimento, arrependimento ou mesmo somatizações.

Também não adianta doar-se esperando ser retribuído da mesma forma. Cada pessoa dá o que tem ou o que lhe sobra, e se você se doou além da conta, a falta de autocuidado ou autorresponsabilidade partiu de você mesmo. Antes de sermos gentis com os outros, devemos exercitar a gentileza com nós mesmos. Só assim seremos honestamente amorosos com quem quer que seja.

Com o tempo a gente aprende que nem tudo gira em torno do que as pessoas pensam ou sentem a nosso respeito. E algumas pessoas irão nos machucar ou nos afastar simplesmente porque estão vivenciando lutas internas que jamais iremos compreender ou alcançar.

Assim, a maneira como cada pessoa age ou reage a uma situação tem muito mais a ver com as batalhas internas dela do que com o que ela sente ou gostaria de demonstrar sentir por você.

Faça o que acredita ser o certo, o que está ao seu alcance, o que traz tranquilidade ao seu espírito. E depois confie... não crie expectativas, não espere retribuição, não cobre atitudes. O que tiver que permanecer resistirá. O que ainda tiver algo a lhe ensinar permanecerá. Faça tudo o que seu coração mandar e depois entregue. Apenas confie...

A frase título desse texto é de Rupi Kaur

pare de insistir naquilo que faz seu coração sangrar,
ela sussurrou na noite escura.
deixe essa história acabar,
e se um dia tiver que retornar

.

.

.

.

.

você saberá

Deus, tira do meu coração tudo o que não fizer parte dos Teus planos para mim

Com o amadurecimento e o passar dos anos, tenho tentado não criar tantas expectativas. É claro que quando você diz que não vai criar expectativas você já as está criando, mas a experiência da ansiedade seguida do trauma da frustração acaba nos tornando mestres em nos proteger e nos blindar das armadilhas da esperança.

Hoje peço a Deus que tire do meu coração tudo o que não fizer parte dos planos d'Ele para mim. Que eu saiba aceitar o tempo finito de cada coisa e que me desapegue sem melancolia daquilo que não cabe mais em minha nova etapa de vida.

Que eu olhe para o passado sem nostalgia ou desejosa de que o tempo volte, mas que saiba reconhecer o momento presente como o único momento possível.

Que eu não iluda meu coração acreditando em coisas que não fazem parte de um plano maior e mais digno para mim e que eu aceite a partida de tudo o que atrasa meu passo e diminui meu autorrespeito. Que eu saiba quando é o momento de desistir e deixar ir, sem tentar mudar o que não pode ser mudado ou tentar controlar o que não posso controlar.

Que eu deixe de insistir naquilo que não me serve e aceite com sabedoria tudo o que está reservado a mim. Que eu não crie expectativas vãs nem alimente ilusões que desgastem a alma.

Que minha coragem não seja apenas a de realizar tudo, mas também a de não fazer nada e simplesmente deixar as coisas acontecerem, sem forçar, sem nadar contra a correnteza, sem teimar naquilo que não é pra mim.

A gente escuta muito: "Não deixe que a esperança morra...", mas às vezes é preciso deixar que ela se vá, sim, pois apesar de a esperança aliviar o peso da dor, ela também nos mantém apegados a coisas que não existem mais ou a ilusões que nunca irão se concretizar. Até a esperança tem um limite. Cuidado com a esperança, cuidado com as ilusões.

Que eu saiba ser como os lírios do campo, que não vivem ansiosos ou angustiados com o dia de amanhã, mas creem que tudo o que tiver que acontecer chegará até eles. Que eu seja capaz de confiar, sem criar expectativas inúteis que tirem a minha paz ou alimentar minhocas na cabeça que afastem as doces borboletas do estômago.

Tudo bem desistir, tudo bem não forçar demais as coisas, tudo bem seguir sem muita ambição, tudo bem soltar, tudo bem dormir pra não pensar a respeito, tudo bem dar um tempo, tudo bem não ter certezas absolutas, tudo bem não ser forte o tempo todo, tudo bem pedir a Deus que te ajude a aceitar a partida de tudo o que não está reservado a você.

O que é para ser tem uma força enorme para acontecer. Esse pode ser um pensamento clichê, mas sempre me conforta naqueles momentos em que a ansiedade bate e as mensagens não chegam, o telefone não toca, os olhares não se cruzam. A gente tem que entender que não adianta querer muito alguma coisa nem sofrer com as ausências que ocorrem. O que é seu vai encontrar um caminho até você...

Antes de se relacionar com alguém, você tem que conseguir ter um ótimo relacionamento com você mesmo

Não vai aparecer ninguém na sua vida até você abrir a possibilidade de se decepcionar. Se você vive com medo do risco, da decepção, da dor... nunca vai se apaixonar ou deixar alguém se apaixonar por você.

Cada pessoa que entra em nossa vida traz uma alegria nova. E cada pessoa pode trazer um risco novo também. Não tenha medo do risco. Decepções ensinam, frustrações fortalecem, dores amadurecem.

Mesmo a pessoa que você julga mais perfeita, ela vai te decepcionar algumas vezes. Isso faz parte da vida. Pessoas não são perfeitas. O amor também não.

É claro que você, já tendo se machucado por ter mergulhado de cabeça numa piscina rasa, vai avaliar melhor o risco dessa vez. Não vai sair dando seu coração de bandeja para a pessoa fazer o que quiser com ele. O coração é seu. Quem tem que tomar conta dele é você. Tenha responsabilidade afetiva com você mesmo.

Mas também não adianta se traumatizar a ponto de colocar seu coração numa redoma de vidro, igual à rosa do Pequeno Príncipe ou a da Bela e a Fera, e ser um coração inatingível.

O bom da vida é experimentar, viver intensamente, arriscar... e, se doer, esperar cicatrizar e tentar novamente.

Porém, existem decepções e decepções; riscos e riscos; dores e dores. E, muitas vezes, repetimos o mesmo risco, a mesma decepção e a mesma dor, porque simplesmente não conseguimos fugir disso. Como se fosse a mesma velha história retornando para ver se você aprendeu. Se você evoluiu. Se você se libertou. Cuidado para não repetir padrões e procurar pessoas que irão te infligir as mesmas dores, porque você pode estar tentando reparar algo do passado que só pode ser reparado por você mesmo, e não através de um relacionamento ruim.

Antes de se relacionar com alguém, você tem que conseguir ter um ótimo relacionamento com você mesmo. Aprender a se cuidar; a tolerar seus momentos de tédio, solidão, frustração e inadequação; a suportar a ausência de notificações; a conviver com o silêncio e a ausência de respostas. Pois, no fim das contas, todo mundo está só. E enquanto você não entender isso e não conseguir lidar com a ideia dessa solidão, buscará em outras pessoas – às vezes de forma distorcida ou destrutiva – a cura para a dor que a existência, por si só, traz. E é todo dia...

a forma como você se pune
a maneira como você se envergonha
o jeito que você tem de não se perdoar
você é mais severa consigo mesma do que o é com os outros
você não chora porque ele te rejeitou
você chora porque ele reafirmou antigas inseguranças
e trouxe à tona medos esquecidos
ele te conduziu novamente a abismos
que você pensou ter deixado para trás

é hora de reencontrar a criança que você foi

Seja gentil com você. Sua presença é a única que jamais irá lhe abandonar

Marina Melz, jornalista e escritora, tem um texto lindo chamado "Carta para quem amou em 2015" que diz: *"Ter amado mais a si mesmo também é motivo de festa. O convívio mais difícil é o único que não podemos evitar. Relacionamentos terminam, amizades se diluem, paixões esfriam. Mas olhar no espelho é todo dia. Ser gentil consigo e se perdoar é todo dia".*

Passei um bom tempo lendo e relendo o ótimo texto de Melz, e esse trecho me fisgou. Pois muitas vezes somos gentis com o outro, perdoamos o outro, não sabemos dizer "não" para o outro; mas somos hostis conosco, nos punimos severamente e autorizamos todo tipo de abuso a nós mesmos, nos esquecendo de que somos a única presença que nunca vai nos abandonar; somos o convívio que mais devemos preservar.

Você pode ter amigos que lhe querem bem, uma família amorosa, um relacionamento sadio. Mas, se não conseguir ser gentil consigo mesmo, se acolhendo e se perdoando diariamente, nada disso será suficiente. De vez em quando a vida nos testa e nos despedaça, e se não tivermos uma armadura de amor-próprio, tão resistente e sólida quanto o aço, qualquer crítica ou olhar enviesado poderá nos devastar.

Está na hora de a gente parar de se comparar tanto. Deixar de se frustrar porque nossa vida parece estar aquém daquela vida editada dos *stories*. Desistir de sofrer por acreditar que todos parecem ter a vida mais perfeita que a nossa. Parar de se culpar por não estar feliz o tempo todo.

De repente você abre o *reels* ou o TikTok e... bum! Ao toque da música viral do momento, imagens de viagens, vida saudável, organização do lar e autocuidado desfilam ante seus olhos. Você pode encarar o conteúdo da rede social meramente como entretenimento ou pode confiar nos filtros e edições, acreditando que o mundo inteiro é mais feliz e menos solitário que você.

Seja gentil com você. Se pegue no colo e normalize dias de trânsito, ressaca, cabelo ruim, roupa para passar, dor de barriga e macarrão instantâneo. Seja sua melhor companhia e autorize momentos de preguiça, solidão, tédio e inadequação. Se perdoe e permita-se ser um pouco malvista e malfalada. Se tolere e resista à tentação de se comparar. Silencie a necessidade de aprovação e se respeite em primeiro lugar. Enquanto você souber de fato quem é, nenhum julgamento te afetará.

PARTE 3

Algumas noites nascem para serem bonitas na memória, não no dia a dia

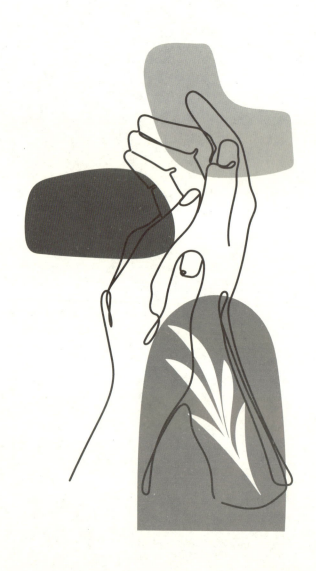

há medos em mim
que foram causados por
outros corpos
outras bocas
outras mãos
há cicatrizes em mim
que foram causadas por
outras perdas
outras dores
outras despedidas
há mágoas em mim
que deixaram
gosto amargo
pulso acelerado
pálpebras encharcadas
há um desejo de recomeço em mim
que sinaliza possibilidade de
beleza
arte
encontro
cura

Às vezes, tudo o que a gente precisa é de alguém que insista

Alguém que quebre nossas armaduras, derrube nossos muros, destrua nossos escudos, nos estenda os braços e autorize nosso salto no escuro. Às vezes, tudo o que a gente precisa é de alguém cujos medos não sejam maiores que os nossos. Alguém que não desista. Alguém que insista.

Às vezes, tudo o que a gente quer é alguém que não esteja tão confuso quanto nós estamos e que, de alguma forma, nos assegure de que não irá soltar nossa mão nem fugir, e voltar, e novamente fugir... simplesmente porque tem medo de sangrar, rasgar, sentir, quebrar, fragilizar-se, remendar-se e revelar-se.

De vez em quando, a gente só quer alguém que diga que tudo vai ficar bem. Alguém que nos olhe com ternura e termine a frase com aquele "se cuida" carregado de doçuras escondidas. "Se cuida" (te quero tão bem). "Se cuida" (você é linda(o)). "Se cuida" (prometo que sempre estarei aqui). "Se cuida" (quero cuidar de você).

Nem sempre é fácil. Nunca é só bom. Muitas vezes é bem difícil. Outras vezes é quase impossível. Mas a gente pode tentar. Pode arriscar. E, mesmo tentando, pode dar errado. Mas será um errado tão suado, tão insistido, tão desejoso de ter dado certo... que compensa todo o resto. Nem tudo resiste. E nem por isso deixa de ser belo.

Algumas noites nascem para serem bonitas na memória, não no dia a dia. Algumas noites nascem para serem breves no tempo, mas imperecíveis na lembrança. Algumas noites serão sempre as noites para onde desejaremos voltar, não importa como. Não mate a noite dentro de si. Deixe que ela brilhe, cintile, arda... e te queime. Só depois adormeça...

Hoje eu queria alguém que não tivesse medo de saltar comigo. De queimar. De viver. De amar. Alguém desejoso de arriscar-se a ponto de doer-se, de fragilizar-se, de estar à flor da pele, de tornar-se vulnerável. Alguém que não tivesse medo de chorar, de transpirar, de arriscar um pouco mais seu coração, correndo o risco de despedaçar-se, mas nunca... nunca viver pela metade, apostando só uma parte, negando a totalidade de sua emoção.

seja firme e forte
não permita que te machuquem outra vez

você aprendeu a perdoar, relevar, tolerar, aceitar
está na hora de aprender a se resguardar

entendendo que não é seu dever ser sempre
acessível, adaptável e dócil
para que somente os outros fiquem bem

você também tem quereres

você também quer florescer em lugares onde só recebe a poda

não se contrarie

Alguns términos rasgam o coração pela falta de explicação

Algumas perguntas ficam sem respostas. Algumas finalizações chegam de forma inesperada, sem explicação alguma, através de silêncios duradouros que por si só já são conclusões. Algumas demoras se tornam pontos-finais, mesmo que gerem pontos de interrogações definitivos. Alguns términos rasgam o coração pela falta de explicação.

Você fica tentado a insistir, a entender os porquês, mas nem tudo depende só de você. Você mandou a última mensagem, se posicionou, esclareceu seu ponto de vista e fez perguntas claras. Não insista, não envie outra mensagem e, principalmente, entenda que a falta de resposta já é uma resposta. Toque sua vida, encerre esse capítulo, não guarde lugar para quem não tem intenção nenhuma de seguir viagem ao seu lado. Histórias encerradas através de silêncios não merecem um pingo de tolerância ou compreensão.

Nos ensinaram a ser gentis e cuidadosos com o outro – responsabilidade afetiva, dizem. Mas talvez o mais importante seja aprendermos a ser gentis e cuidadosos com nós mesmos. Nessa de cuidar, aprender a cuidar mais de nós.

Não se coloque em situações que você sabe que irão te machucar, mas mesmo assim você insiste: mandando outra mensagem. Pedindo explicações que você já sabe que irão te ferir. Tentando reverter a situação. Dedicando-se a fazer o outro mudar de ideia (o "não" você já tem. Agora você vai atrás da humilhação?).

Quando penso em falta de autocuidado, me recordo de uma historinha que vivenciei na minha primeira infância. Estava na pré-escola e sofria *bullying*. Por ser muito dócil e apática, apanhava. E quanto menos reagia, mais apanhava. Hoje entendo que minha postura indiferente (principalmente comigo mesma) era uma afronta aos meninos do jardim de infância. Eu era o saco de pancada deles e jamais revidei ou me protegi. Parecia que eu não estava ali, tamanha a frieza e imobilidade com que eu recebia os chutes e outras agressões. Não me perguntem a causa disso, até hoje não compreendo.

Porém, houve uma vez que saí do meu abatimento e corri. Mais do que isso: corri e subi num brinquedo, me protegendo do menino que ficou lá embaixo, frustrado por não conseguir me alcançar. Porém, aquele menino tirano – e muito mais baixinho que eu – me deu uma ordem: "Desce daí!". Eu sabia que a ordem para que eu descesse era porque ele queria me bater, e... pasmem... M-e-s-m-o a-s-s-i-m e-u d-e-s-c-i. Desci porque ele me ordenou, e eu não sabia dizer "não", mesmo sabendo que seria para apanhar. Desci porque não sabia me proteger e não tinha o mínimo autocuidado e autorrespeito. Desci por causas que até hoje não entendo, mas que explicam muitas outras coisas que vieram depois.

Porém, com a maturidade, fui aprendendo a me cuidar, me proteger, me respeitar e, principalmente, a impor limites. Talvez eu tenha chegado num ponto até excessivo de me resguardar, de dizer "não" ao que me fere, de manter minha dignidade e amor-próprio. No entanto, de vez em quando aquela menininha assustada do trepa-trepa vem me visitar. E ela se sente tentada a descer do brinquedo

– mesmo sabendo que lá embaixo haverá humilhação e dor – para apanhar. E eu preciso ser bem firme com ela, pegá-la pelo braço e lembrá-la de que ela não precisa disso. Ela não tem que se ferir repetidas vezes para que os outros fiquem bem. Ela não precisa ceder ao impulso de tentar diminuir as distâncias colocando seu amor-próprio em jogo. Ela não tem que ser disponível para as pessoas que irão rejeitá-la ou feri-la. Não cabe a ela perdoar tudo, aceitar tudo, resolver tudo. Ela não precisa disso...

Finalmente, é sempre bom lembrar as palavras do escritor Caio Fernando Abreu: *"E nessa de cuidar, vou cuidar de mim. De mim, do meu coração e dessa minha mania de amar demais, de querer demais, de esperar demais. Dessa minha mania tão boba de amar errado"*. Cuide mais de você, se proteja, se respeite, se pegue no colo...

Deixe ir. Desapegue. Apenas confie na vida

Na minha adolescência, deparei-me certa vez com um poeminha (cuja autoria eu desconhecia na época) que trazia uma mensagem no mínimo interessante acerca do desapego nas relações. Eu era muito jovem e inexperiente, mas me recordo do quanto fiquei impactada e encantada com as estrofes.

O poema – que depois eu vim a saber que era a "Oração da Gestalt", escrito por Frederick Perls – dizia o seguinte:

"Eu sou eu, você é você. Eu faço as minhas coisas e você faz as suas coisas. Eu sou eu, você é você. Não estou neste mundo para viver de acordo com as suas expectativas. E nem você o está para viver de acordo com as minhas. Eu sou eu, você é você. Se por acaso nos encontrarmos, é lindo. Se não, não há o que fazer."

De lá pra cá, vivenciei inúmeras situações de apego, perda, necessidade de controle, medo, reciprocidade, vazio, amor-próprio, desespero, afetuosidade, carência, desejo, derrota, encontro, abandono, presença, ausência, ganho, aniquilamento... e hoje, revendo tudo, percebo que nunca possuí nada nem ninguém. Nessa vida somos apenas viajantes temporários e mal possuímos a nós mesmos.

Entender isso não nos torna individualistas, egoístas ou almas andarilhas que não se fixam em lugar algum. Entender isso traz paz, pois à medida que nos desapegamos do controle e das armadilhas da mente, damos chances da vida nos surpreender positivamente sem a nossa intervenção movida pela ansiedade e pelo medo.

Se engana quem acredita que é dono de alguma coisa ou de alguém. O máximo que podemos ter é a oportunidade de usufruir nosso tempo ao lado dessa pessoa ou de usar algo que tenhamos adquirido. Acreditar que possuímos algo ou alguém nos torna possuídos por essa coisa, pois escravizamos nossa mente e nossas emoções em prol de cuidar para que jamais percamos o que acreditamos possuir.

Quem pensa que é possuidor de algo na verdade está possuído pelo apego, pelo medo, pela insegurança. Porém, nada nos pertence. Nada é nosso. As coisas têm uma existência própria, e essa existência não está sob nosso poder, em nossas mãos. Não temos domínio sobre o que irá acontecer com as pessoas, sobre o que elas pensam, desejam e de que forma querem se entregar à vida.

Por mais que imaginemos controlar, isso é uma ilusão. Mal dominamos nossa própria vida, mal temos controle sobre nosso destino. Imprevisibilidades e surpresas podem alterar nossos passos num piscar de olhos, enquanto nos apegamos ao que conhecemos tão bem, mas que não é eterno nem imperecível.

Tudo perece, tudo se finda, tudo se transforma. Viver de forma desapegada é viver aceitando que já perdeu, que já não possui, que já acabou, que apenas deve CONFIAR. Confie. Entregue. Agradeça ao que permanecer, pelo tempo que ficar.

Confie... nada acontece por acaso, nada se perde sem algum motivo, nada se transforma sem que haja razão para isso, nada permanece se não tiver algo a ensinar. Apenas confie e desapegue. Deixe Deus agir, deixe o Universo trazer equilíbrio, deixe que o Tempo mostre o que deve ficar.

A mente barulhenta se inquieta, busca, anseia, deseja, ambiciona. E, na mesma proporção, se angustia, se agita, perde a paz, comete erros, controla, cobra, se decepciona e chora. Talvez a mente devesse se acostumar apenas a *deixar ir*. Somente com o entendimento de que quanto mais forte você segura algo, menos desse algo você tem, e mais machucadas ficam as suas mãos.

Use, mas não possua. Usufrua, mas não se aproprie. Ame, mas não se apegue. Como isso é difícil quando se trata de afetos! Apesar de soar um tanto "frio e calculista", quando compreendemos que "usar" pode ser bem mais que tratar as coisas como descartáveis e sim valorizar o momento presente (pois ele passa) com sabedoria, entendemos que o "uso" das coisas e das pessoas no momento em que estão conosco é a única forma de possuir, ainda que por instantes, o que amamos.

"Use", estando presente com a mente, o corpo e as emoções. "Use", usufruindo a presença. "Use", prestando atenção ao momento em que aquele encontro é real e possível, pois tudo é impermanente.

Não trate as coisas como descartáveis nem alimente relações líquidas. Mas entenda que viver de forma desapegada é soltar para conquistar, é desamarrar para se unir, é libertar para cativar, é desobrigar para ganhar.

Que seja lindo quando nos encontrarmos. E, se por acaso não nos encontrarmos, *"não há o que fazer..."*.

Se custa a tua paz, então é caro demais

Há caos de todo tipo e, de vez em quando, a gente quer pagar o preço do tumulto em nossa vida, pois ele nos desacomoda, nos desestabiliza, nos tira do chão, mas também nos faz voar e nos sentir mais vivos.

Há bagunças que são muito bem-vindas, pois apesar de causarem transtorno, angústia e confusão, te desacomodam como um trator que vem revolver a terra, cavar bem fundo, trazendo à tona um você que é mais você que aquele que te encara no espelho todos os dias.

Há desordens que te arrancam da poltrona, transformam sua forma de enxergar a vida, te desestabilizam e fazem você perder o controle da própria existência. Você revê toda sua trajetória, questiona suas escolhas e entende que certas coisas acontecem para te aproximarem de uma versão sua que precisava ser descoberta e amadurecida.

Algumas vezes precisamos ter a vida embaralhada de alguma forma para entender que não temos o controle sobre tudo, para perceber que a existência nos cobra de maneiras inimagináveis, para aprender que, por mais que desejemos ter a vida organizada e equilibrada, há uma porção de nós que atrai e é atraída pelo caos...

Como um parque de diversões que nos convida com suas cores, luzes, sons e muita adrenalina, a desordem atrai, mas em excesso nos rouba a paz. Por algum tempo é bom ter a vida desobedecendo a planilha, o coração-tamborim no peito, as emoções desordenadas. Mas até que ponto você consegue conviver com tamanha desordem?

Segundo a Wikipédia, *"montanha-russa é uma atração popular que consiste basicamente em uma estrutura de aço que forma uma pista composta por elevações seguidas de quedas e por vezes inversões impulsionadas pela velocidade proveniente de uma descida ou lançamento impulsionado"*. Como boa ariana com ascendente em sagitário que sou, amo montanhas-russas – quanto mais ousadas, melhor. Porém, depois de repetir o brinquedo vezes seguidas, ele me causa dor de cabeça e tontura. Assim, aprendi o meu limite. Ao contrário de mim, algumas pessoas não toleram emoções fortes e talvez rejeitem qualquer tipo de adrenalina. Na vida, as coisas funcionam da mesma forma. Algumas pessoas irão adorar *"loopings* e *shuttles"*, enquanto outras não suportarão qualquer nível de subida ou descida. Assim, é preciso haver empatia para reconhecer que o que é tranquilo para mim nem sempre será tranquilo para você (e vice-versa), e, se eu digo que algo me machuca, me confunde, me causa medo ou bagunça meu coração, isso deveria ser levado em consideração por você, mesmo que isso não te machuque, nem confunda, nem cause medo, nem bagunce seu coração. Isso deveria ser levado em consideração e não tratado como drama ou mimimi.

Algumas pessoas entram na sua vida, bagunçam tudo e não ficam para ajudar a organizar a desordem. Depois de algum tempo, você consegue recolocar ordem no caos, e essas pessoas voltam, querendo badernar tudo novamente. Pode ser tentador autorizar a volta por um momento, mas vale correr o risco?

Se custa a tua paz, então é caro demais. Só você sabe o seu limite, até onde você pode ir, até onde você tolera.

E, acima de qualquer pessoa, *você* precisa ter responsabilidade afetiva com você mesmo. Perder o equilíbrio por amor é bom por algum tempo, mas se está te desgastando além da conta, é hora de rever essa matemática.

Quem te quer não some quando as coisas ficam difíceis nem esfria quando você se aproxima. Quem te quer ajuda a arrumar a bagunça que causou e tem empatia pelo sentimento que despertou. Enfrenta com você a desordem e te ajuda a recuperar a paz.

Se estar com alguém custa a tua paz, e esse alguém não consegue entender o preço alto que você está pagando pelo relacionamento, se não te ajuda a enfrentar a bagunça que causou com empatia e tolerância, *então é caro demais...*

não me disseram que eu tinha o direito de errar
não me contaram que eu não precisava ser o exemplo
não entendi que o medo de decepcionar é o preço da perfeição
e que a expectativa externa me roubaria de mim
ninguém me avisou que eu poderia ser quem eu quisesse
mesmo que isso significasse tentar, cair, desistir e recomeçar

eu quis tanto agradar
que confundi submissão com amor

Para todas as pessoas que se cansaram de parecer fortes o tempo todo

O lado ruim de ser uma criança que não dá trabalho é que seus pais passam a acreditar que você já é autossuficiente e que, por isso, não precisa de tantos cuidados. Você não reclama, não tira notas ruins, raspa o prato mesmo não gostando da comida. Você é obediente, dorme na hora certa, recolhe seus brinquedos e faz do seu quarto um santuário, onde inventa brincadeiras sozinha e cria mundos imaginários. O lado ruim de ser uma boa menina é que todos acreditam que você é uma pessoa forte e que, por isso, consegue se virar bem sozinha e aguenta mais e mais responsabilidades. O lado ruim de ser uma criança aparentemente forte é que você se acostuma com os elogios, e para continuar recebendo-os, não ousa mostrar que também tem fraquezas, carências, dificuldades, necessidade de colo. E pra não decepcionar, assume o papel. Você cresce fingindo aguentar mais do que aguenta, assumindo uma perfeição que não existe, aparentando uma força que só se manifesta do lado de fora, mas que camufla uma pessoa que não aprendeu a se proteger, a ser forte consigo mesma.

    O lado ruim de ser uma pessoa forte é que você cresce alcançando tudo o que almejou, mas as pessoas acreditam que pra você foi mais fácil, que não houve lutas e batalhas internas e externas, que você sempre dá conta de tudo e nunca passou por crises ou dificuldades.

O lado ruim de ser uma pessoa forte é que as pessoas acham que você é tão autossuficiente que não precisa de uma força, uma acolhida, uma gentileza, um mimo, um carinho, um oferecimento para rachar a conta.

Você vai assumindo mais responsabilidades do que deveria, arcando com mais encargos, transmitindo a mensagem de que não há limites para aqueles que desejam mais e mais de você. E você descobre que isso não é ser forte, isso é querer ser perfeito. E ninguém conseguiu esse feito sem fazer muito mal a si mesmo.

O lado ruim de ser uma pessoa forte é que as pessoas se acostumam a receber tudo de você, e quando você começa a colocar limites, elas se ressentem como se isso fosse obrigação sua, e você se culpa por ter decepcionado ou por não ter dado conta do recado. Mas vem cá que vou te contar um segredo: você não é obrigado(a) a nada, e um dia essa culpa ficará no passado. E você se sentirá tão em paz consigo mesmo que valerá a pena ter se rebelado.

Você tem que aprender a se afastar sem se sentir culpado. Aprender a colocar limites sem se sentir endividado. Aprender a dizer "não" sem se sentir desalmado. Aprender a se priorizar sem se sentir mal-intencionado. Aprender a se respeitar sem constrangimento ou covardia. Aprender a ter dignidade sem se desculpar. E, finalmente, a ser forte sem se anular.

Muita gente não sabe lidar com sua força, com sua potência, e se vitimiza diante da sua independência. Te acusam de mesquinho quando você está sendo apenas justo e se ressentem de seu afastamento quando você quer apenas se resguardar.

Se você se cansou de parecer forte o tempo todo, pause o tempo e olhe um pouquinho para si. Reveja os contratos, revogue as cláusulas, reformule os decretos que você selou numa época em que não compreendia bem a vida, e por isso entendeu que ser forte era dar conta de tudo. Você também tem o direito de errar, de voltar atrás, de se priorizar, de se amar em primeiro lugar.

Ao final você perceberá que valeu a pena dizer ao mundo que você é forte, sim, mas isso não dá o direito de as pessoas agirem de qualquer forma com você. Você é forte, sim, mas tem um coração que sente, se comove e precisa de colo de vez em quando. Você é forte, sim, mas quer ser tratado(a) com carinho, delicadeza e consideração como todo mundo. Você é forte, sim, mas um dia vai perceber que só deve permanecer em lugares que são gentis com você...

Às vezes, a interpretação que você faz da mensagem tem mais a ver com como você se sente do que com o que o outro quis dizer de fato

Você diz algo. O outro entende diferente e se ofende. Você tenta se explicar. O outro se afasta e se ressente. Você se culpa. O outro não compreende. A palavra já foi dita. O outro não segue em frente. Você explica sua intenção. O outro só ouve o que já estava em sua própria mente. A palavra foi o gatilho. Porém, o que o outro entendeu já morava dentro dele de forma inconsciente.

Você já parou para pensar que aquilo que mais mexe com você, despertando emoções fortes como raiva, paixão, medo, fúria ou obsessão na verdade não é a coisa em si, mas o que a coisa acessou dentro de você? Você já parou para pensar na quantidade de segredos, inseguranças e traumas que existem dentro de você, soterrados num oceano de aparente tranquilidade?

Nada nos afeta tanto quanto aquilo que soterramos, mas que sobrevive nas profundezas. Aquilo que vem à tona após um comentário desagradável qualquer, ou é acionado quando nos apaixonamos, ou que se transforma numa mágoa desproporcional após ouvir uma palavra que não tinha a intenção de ferir, mas feriu.

Há palavras que machucam sem intenção de machucar. Não porque a outra pessoa quis te ferir, mas porque o que foi dito acessou algo que, dentro de você, estava mal resolvido.

Dizem que nos relacionamos com espelhos. Que tudo o que supomos ou deduzimos a respeito do mundo são percepções que construímos a partir de nós mesmos, e o que entendemos ou concluímos nada mais é que o reflexo de nossos pensamentos, intenções ou atitudes. Assim, quando nos ofendemos ou nos magoamos diante de uma palavra, é porque o que foi dito acessou nossas próprias percepções e intenções, que podem ser diferentes das intenções da pessoa que a pronunciou.

As pessoas que mais amamos são as que mais têm o poder de nos magoar. Porque essas pessoas têm acesso direto às nossas emoções, até àquilo de que não temos consciência. E, de repente, qualquer comentário mal-elaborado ou palavra mal concebida pode causar mal-entendidos irreversíveis e mágoas irreparáveis.

É preciso ter tato e cuidado com o que dizemos, mas também com a forma que escutamos o que alguém que amamos tem a nos dizer. Nem sempre as pessoas têm intenção de nos magoar ou ferir, e precisamos estar atentos para não estragarmos uma amizade ou um relacionamento pela incapacidade de compreendermos os reais propósitos do outro coração.

Talvez, mais do que me magoar, seja importante me perguntar: o que essa dor tem a me dizer a respeito de mim mesmo que eu não consigo enxergar?

eu quis tanto
ser o seu descanso,
mas você nunca veio
eu quis tanto
que você fosse o meu descanso,
mas esperei por alguém
que nunca existiu

Ninguém nos decepciona. Nós é que criamos expectativas demais e nos frustramos na mesma proporção

Há uma frase que diz mais ou menos assim: *"Nada é eterno. O café esfria, o cigarro apaga, o tempo passa, as pessoas mudam...".* Há certa verdade nessa frase; porém, acredito que as mudanças que enxergamos nas pessoas são as que acontecem principalmente dentro de nós, isto é, nós é que mudamos e, de alguma maneira, passamos a perceber a realidade de outra forma, e isso inclui a consciência que temos uns dos outros.

Você ama aquela menina instável e inconstante. Uma hora ela fala que você é o cara da vida dela, outra hora diz que está confusa. Você aceita, compreende – "afinal, ela está passando por um momento difícil" –, insiste.

Você está vidrada naquele pilantra. Quando estão juntos, os momentos são intensos e perfeitos. Porém, ele some por uma semana, visualiza suas mensagens e não responde, te deixa no vácuo, te tortura com silêncio e sinais confusos. Você chora e encharca o travesseiro com seu pranto, mas esquece tudo quando ele reaparece cheio de lábia, dizendo sofrer de "falta de tempo".

Você espera, releva, permite, compreende. Você justifica o injustificável, perdoa o imperdoável, aceita o inaceitável.

Você sofre, mas não é capaz de impor limites; sente que te faz mal, mas tem medo de exigir demais e perder; quer algo melhor para sua vida, mas ainda nutre esperanças de que o outro mude e tudo se transforme.

Você constrói castelos em cima de terrenos frágeis, mergulha de cabeça em piscinas rasas, enxerga oceanos em poças d'água, guarda lugares para quem não tem intenção de se sentar ao seu lado, coloca sua vida em suspensão esperando do outro uma decisão... mas quando cai o pano, você se sente enganado e quer arranjar culpados. Mas será que alguém te iludiu mesmo? Ou foi você que quis tanto, mas tanto, tanto, tanto, que acabou mentindo para si mesmo?

Há uma frase atribuída a Freud que diz: "*Qual a sua responsabilidade na desordem da qual você se queixa?*". Pois somos responsáveis pela realidade que atraímos, permitimos e vivenciamos. Muitas vezes nos decepcionamos com alguém, mas na verdade só passamos a enxergar a realidade tal qual ela sempre foi, nua e crua, sem as lentes da fantasia que nós mesmos projetamos. É o tal do desencantamento. No lugar da carruagem, uma abóbora. No lugar dos cavalos, ratinhos. No lugar do vestido de ouro e prata, alguns trapinhos.

O tempo traz entendimento e dissolve algumas ilusões. Vamos aprendendo a abandonar as máscaras e remover as lentes da fantasia. Um dia a gente começa a enxergar tudo como realmente é e decide, com base na verdade, se vale a pena continuar. Sem desculpas, sem mentiras pra si mesmo, sem projeções e saltos no escuro. Aprendemos a alimentar o que é recíproco e a amar só o que tem algo a acrescentar.

antes de ser mulher, eu desejei ser mãe.
passei a vida toda me preparando para o tipo de mãe
que eu queria ser.
porém, a vida me mostrou que uma coisa tão grande assim
a gente não planeja, aceita.
filho é surpresa.
e o rebento em meus braços me mostrou
que nada daquilo que eu arquitetei era necessário.
ao contrário, ele queria um tipo de amor
que eu ainda não sabia dar.
aos poucos fui aprendendo:
beijos, abraços, histórias e brincadeiras são importantes,
mas, antes disso, é preciso sentir-se seguro.
chorei e arquivei por um tempo a doçura
para que ele conhecesse meu lado mais firme, que dá limites e
[impõe regras

(um lado que nem eu mesma conhecia – a vida se encarrega de
nos fazer fortes)

era assim que ele se sentia amado.

Uma planta morreu porque dei a ela muita água. Então, eu entendi que oferecer demais, mesmo que seja para fazer o bem, nem sempre é bom

Flores e pessoas. Universo de fora e universo de dentro. Natureza das coisas e natureza das emoções. Conexões entre estrelas e conexões entre axônios... tudo está conectado, e por mais que a gente não domine botânica, astronomia ou biologia, não dá para negar que a explosão do universo se assemelha ao nosso mundo interno e vice-versa.

    Nenhuma planta sobreviverá ao excesso de água. Dar demais, ainda que seja para o bem, pode ser prejudicial. Isso serve para plantas, pessoas e relacionamentos. Ao contrário, porém, uma flor pode resistir à escassez de água e tornar-se ainda mais forte ao suportar as adversidades, encontrando recursos que nem sabia que existiam ao brotar entre rachaduras na calçada ou entre trincas no cimento.

    Talvez seja por isso que aquela moça nunca namore. A ansiedade faz com que ela atropele tudo e saia regando demais plantas que não carecem de água. Ela tem pressa de demonstrar afeto e, por isso, não espera que sintam sua falta. Ao contrário, faz do excesso sua linguagem; e da escassez, sua incapacidade. Ela precisa aprender a suportar o tempo das coisas e a não matar o amor por overdose de atenção.

Muitos relacionamentos morrem de overdose. Exagero de atenção, abundância de presença, excesso de mimos. Não estou defendendo a falta, mas aposto no equilíbrio. Assim como a escassez, o excesso pode ser prejudicial. Na dúvida, aposte na reciprocidade. Em dar na mesma medida que recebe ou em parar de regar para assim descobrir a quantas plantas mortas você anda oferecendo amor.

Salgue demais uma comida, ela ficará intragável. Ofereça água em excesso a uma flor, ela morrerá. Compre todos os brinquedos da loja para uma criança, ela não dará valor a nenhum. Sufoque alguém com excesso de presença, atenção, carinho e mensagens... e você a perderá para sempre.

É preciso aprender a suportar o tempo das coisas e a respeitar o espaço de cada um. Dome sua ansiedade, se volte para outros interesses, descubra novos *hobbies*. Sua ausência, ao contrário do que imagina, atrai atenção. Você reverte a situação, o jogo vira e você descobre que antes de brilhar no céu de alguém, precisa primeiro encontrar seu próprio brilho, o que te faz bem.

"*Girassol, quando abre flor, geralmente despenca.*" De que adianta um girassol com a flor mais linda, se seu caule não é capaz de suportar a própria beleza? Se você não for bom para si mesmo em primeiro lugar, não ensinará a ninguém como quer ser amado. Se você não é capaz de exercer o autocuidado, como quer ser valorizado?

Porém, tenho aprendido que algumas plantas, não importa o cuidado que tivermos com elas, morrerão antes do previsto. A água não faltou nem foi em excesso, a luz chegou da maneira correta, os nutrientes foram suficientes. Elas morrerão porque tinham que morrer, e nada do que fizermos irá mudar isso. Então, o negócio é aceitar. Nem tudo depende da gente, da maneira como agimos ou deixamos de agir. E isso se estende a tudo na vida.

    Ame, mas não sufoque. Doe-se, mas não se abandone. Deseje, mas não se sujeite a tudo para obter. Permaneça se te fizer bem. Deixe ir se faltar reciprocidade. E, acima de tudo, faça o seu melhor e solte. Flores e pessoas. Universo de fora e universo de dentro. Natureza das coisas e natureza das emoções. Conexões entre estrelas e conexões entre axônios... tudo está conectado e nem tudo está sob seu controle...

Relação pingue-pongue

Há alguns anos, Rubem Alves escreveu uma crônica de amor chamada *"Tênis × Frescobol"*. Nela, o autor dizia que relacionamentos tipo tênis são relações em que a partida acontece *"para fazer o outro errar. O bom jogador é aquele que tem a exata noção do ponto fraco do seu adversário – e é justamente para aí que ele vai dirigir a sua cortada"*. Já o relacionamento tipo frescobol é definido como um tipo de jogo que, *"para ser bom, é preciso que nenhum dos dois perca. Não existe adversário porque não há ninguém a ser derrotado. Ou os dois ganham ou ninguém ganha"*.

    Essa crônica fez muito sentido para mim e, mais tarde, tentando definir minha amizade com uma pessoa querida, criei outra analogia e disse a ela: "Admiro muito sua inteligência, sua capacidade de argumentação, seu jeito dinâmico de ser e de me desafiar. Nossa amizade é rica, eu nunca fico sem uma resposta, e seu retorno é sempre certeiro, me faz pensar, me desafia a buscar soluções, me estimula a ser uma pessoa melhor. É como se a gente estivesse jogando pingue-pongue, e você nunca deixasse minha bolinha cair. Mesmo com dificuldade, você se esforça para receber o saque e devolvê-lo para mim. É claro que há momentos em que a bolinha cai, você não consegue rebater, mas percebo que você se esforça. Com você, sinto que há troca, comunicação, interação. Nunca fico na mão, jamais sinto que estou jogando sozinha. É por isso que gosto tanto de você".

Essa analogia serve para todos os tipos de relacionamentos. Quantas vezes não sentimos que estamos jogando sozinhos uma partida de pingue-pongue que deveria ser jogada a dois? A pessoa está ali, de corpo presente, mas deixa todas as bolinhas caírem no chão. Não retorna o saque para você, não interage, não entra na brincadeira, não devolve a piada ou o elogio. Você puxa assunto, ela responde o básico. Você manda uma música, ela não capta a mensagem. Você faz piada, ela não ri. Você comenta algo inteligente, ela não entende.

Reciprocidade é algo que não se exige nem se cobra. Porém, muitas pessoas desejam ardentemente jogar uma partida com você, mas só estão interessadas no placar final. O jogo em si, com trocas inteligentes, interações divertidas, retornos e desafios do esporte não significam nada. A pessoa não devolve a bola, não responde aos saques, é indiferente à sua provocação.

Para a pessoa é importante o placar final, e você nunca deixa de comparecer. Para você é importante o jogo inteiro, e por que ela não pode corresponder?

Sentir que estamos jogando sozinhos uma partida que deveria ser jogada a dois é desestimulante e até mesmo decepcionante. A gente fica tentado a cobrar, a pedir que a pessoa entre no jogo, já que sabemos que ela tem interesse, mas é acomodada. Resta, então, decidirmos se teremos paciência de continuar ou não. Melhor desistir em silêncio do que permanecer implorando por ações que deveriam vir de graça.

Muitas vezes, você convidou para uma partida de pingue-pongue alguém que realmente não sabe jogar ou não entendeu como deve entrar na brincadeira; alguém que não sabe as regras do jogo ou não tem habilidade em rebater a bolinha; alguém que não sacou que fazem parte da partida todos os movimentos, e não somente a tacada final. Às vezes a pessoa escolhida para ser seu parceiro de jogo não faz por mal, ela apenas não sabe, mesmo. Nesse caso, se a pessoa estiver disposta a aprender, sem achar que você está fazendo cobrança o tempo inteiro, ótimo. Se não, você vai perceber que projetou nela alguém que não existe ali. Você está desejando algo que ela não pode – e nunca vai – te dar. Cabe a você decidir se ela tem outras qualidades que compensem a inabilidade no jogo que você gosta tanto de jogar, ou se você desiste e procura alguém que goste tanto de uma partida boa quanto você. Simples assim. E bola pra frente!

"Não seja o peso na vida de ninguém. Saber a hora de se despedir de uma relação também é amor"

Um dia você vai entender que nem sempre a gente fica por amor e poucas vezes a gente vai embora pela falta dele. E você vai entender que estar perto não significa estar junto, enquanto estar longe não quer dizer que renunciou.

E você vai compreender a sutil diferença entre desistir daquilo que se quer e desistir daquilo que dói.

Um dia você aprende que muitas vezes a gente tem que se afastar daquilo que ama e que, mesmo doendo, essa pode ser a melhor escolha. Pois o fim antes do fim também é um ato de amor. Um ato que assegura que permanecerá uma lembrança bonita, um quê de não vivido, um resquício de amor-próprio e uma declaração de amor à relação.

Às vezes você desiste de uma relação antes dela acabar por completo, não porque não ama mais, mas porque entende que a conexão que um dia existiu merece ser preservada. É uma prova de amor ao relacionamento, impedindo que ele adoeça a ponto de só restarem desgastes e lembranças dolorosas.

Por mais que você goste de estar com alguém, desista de estar com essa pessoa se não existir reciprocidade.

Se, de alguma forma, você sentir que sua presença deixou de ser celebrada e é apenas tolerada. Se, de algum jeito, você perceber que o convívio é uma obrigação, e não uma comemoração.

Você puxa assunto, ele(a) é monossilábico(a).

Você relembra os tempos bons, ele(a) não faz questão.

Você quer a presença, pra ele(a) isso não faz diferença.

Você se lembra de quando ele(a) corria atrás, hoje é tanto faz.

Términos são sempre ruins. Mas o que mais dói é aquele que tinha tudo para dar certo, mas não deu. Dói porque havia sentimento, mas faltou comunicação. Havia química, mas a atração foi vencida pela acomodação. Não faltou desejo, mas perdeu-se a conexão. O beijo te derrete, mas as palavras te ferem. O abraço te estremece, mas o silêncio te despedaça. Você ainda ama a pessoa, mas é impossível amar a relação que tem com ela.

Não espere a relação ficar insuportável para ir embora. Saber a hora de se despedir de alguém, reconhecer o momento de sair de cena e ter discernimento para aceitar que o amor não está mais sendo servido demonstra bom senso e elegância. É melhor ser lembrado com saudade do que com desgosto.

Pois como diz a querida cantora e compositora Maraísa: *"Não seja o peso na vida de ninguém. Saber a hora de se despedir de uma relação também é amor".*

*A frase título deste texto é de autoria da cantora e compositora Maraísa

eu não chorei
porque você não veio.
eu chorei
porque o copo já estava cheio
e aquela foi a gota d'água

Deixe ir. É melhor perder quem nunca fez questão de permanecer

Malu viajou para a praia e, embora distante do ficante, se lembrou dele todos os dias: enviou mensagens, músicas e fotos; registrou o nome dele na areia; trouxe conchinhas que recolheu numa tarde e, ao retornar, ainda o presenteou com uma caneca – sem valor material, mas que traduzia o afeto que ela sentia. Na semana seguinte, Júlio, o ficante de Malu, viajou para o interior. Não teve tempo de escrever mensagens nem mandar fotos, embora tenha postado nas redes sociais a vitória do seu time. Retornou numa tarde e não avisou – ela soube pelos *stories* que ele postou – e, dias depois apareceu chamando-a para sair e ela aceitou; porém, em momento algum a agradou ou cogitou valorizá-la da mesma forma que ela o valorizou.

    Murilo e Amanda faziam faculdade juntos. Murilo ficou doente e pegou atestado. Amanda, que vinha saindo com ele há alguns meses, soube que era covid e se preocupou. Mandou mensagens, quis saber como ele estava, encomendou uma cesta de café da manhã e tentou ajudá-lo a enfrentar esse momento difícil. No ano seguinte, entre idas e vindas, Amanda adoeceu. Foi afastada das aulas por causa de uma enfermidade. Murilo soube, mas em momento algum mostrou-se solidário. Nenhuma mensagem, nenhuma preocupação. Quando ela retornou, quis saber como a menina estava. Porém, algo dentro dela havia se quebrado, e não havia mais como remendar.

Roberto e Carol namoravam a distância. Cada um morava em uma cidade, mas estavam sempre juntos. Numa ocasião, a tia de Roberto sofreu um acidente e veio a falecer. Carol soube e imediatamente pegou um ônibus e foi ficar ao lado de Roberto. No ano seguinte, ao retornar da praia com as amigas, Carol sofreu um acidente. O carro capotou na estrada, e ela quebrou o braço. As amigas também se machucaram bastante, mas, apesar do susto e do trauma, ela estava bem. Roberto a acalmou pelo telefone, foi gentil e solidário, mas em momento algum cogitou pegar o carro e vir até a cidade de Carol consolá-la ou ampará-la.

Às vezes a gente tem tantas coisas boas guardadas no peito, tanto amor querendo ser doado, tanta história querendo ser vivida, tantas páginas querendo ser escritas... que a gente se confunde. E acaba entregando todo esse afeto a alguém que não tem a intenção de recebê-lo. Ou a alguém que não faz questão de retribuí-lo. E, então, amamos por dois, nos dedicamos por dois e nos enganamos e nos machucamos profundamente pela nossa própria incapacidade de discernir onde devemos permanecer.

Há uma frase de Rupi Kaur que diz: *"andei até aqui para te dar todas essas coisas, mas você não tá nem olhando"*. Será que você não está se esforçando, fazendo malabarismos, se dedicando e perdendo seu tempo com alguém que não valoriza nada do que você faz? Será que não está na hora de começar a dirigir esse afeto para si mesma(o) e parar de se contentar com migalhas?

Você pode ter muito amor dentro de si querendo ser investido em alguém ou numa relação. Mas você não pode pegar essa riqueza, colocar numa bandeja de prata e entregar para alguém que não tem a mínima intenção de cuidar do seu investimento. Para alguém que vai simplesmente picar suas cartas de amor, ignorar suas mensagens, te tratar como tanto faz. Assim como você não colocaria todo seu suado dinheiro numa aplicação furada ou sem credibilidade, você não pode colocar seu coração numa bandeja e oferecer a alguém que irá usá-lo como bola de futebol e chutá-lo para o gol.

Não adianta você ser poesia se ele não sabe ler. Não adianta você ser música se ele não consegue ouvir. Não adianta você dançar na frente dele se ele não enxerga. Não adianta sua língua falar de amor se ele não deseja o amor que vem de você.

Se cuide, se resguarde, se proteja. Não se rasgue por alguém que não estará lá te ajudando a se costurar. E aprenda, de uma vez por todas, que o afeto que você tanto quer entregar a alguém, esse afeto é seu. Ele faz parte do que você é, e não está no outro, está em você. Você quer ver seu amor refletido no outro, e quando essa pessoa não o aceita, ou o recusa, você se despedaça.

Mas entenda: você é seu próprio abrigo. E um dia alguém vai querer ficar. E compartilhar a mesma casa que você. Você é seu próprio lar. E um dia alguém vai amar esse ninho tanto quanto você. E você não terá que insistir para esse alguém ficar. Ele ficará porque quer e valorizará cada pedaço dessa casa que nunca foi um lugar (esse lar é você).

PARTE 4

Vida é mistério. Às vezes calmaria; outras vezes, vendaval

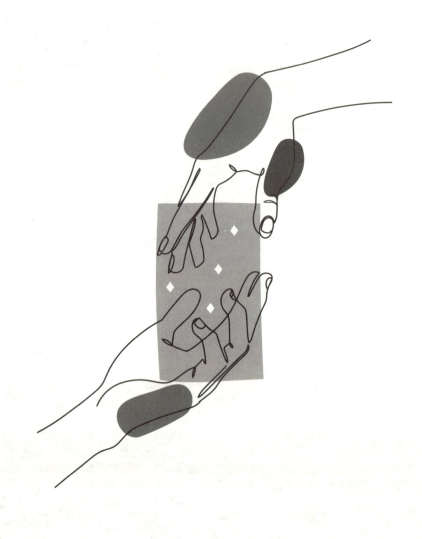

você disse que sou sentimental demais
e fui incapaz de discordar.
sou intensa, sensível e emotiva,
por isso sempre me protegi.
porém, você me convenceu a pular
em seu abismo com tanta certeza
que novamente arrisquei meu coração.
poucas vezes fiquei tão vulnerável
e me entreguei tanto
sem prever que o tombo me despedaçaria.
me machuquei em tantas partes
que precisei ir embora
pra me curar de você.

você nunca vai saber o que eu senti

Para todas as pessoas intensas

Há uma frase do escritor Jack Kerouac que diz: *"Eu só confio nas pessoas loucas, aquelas que são loucas pra viver, loucas para falar, loucas para serem salvas, desejosas de tudo ao mesmo tempo, que nunca bocejam ou dizem uma coisa corriqueira, mas queimam, queimam, queimam, como fabulosas velas amarelas romanas explodindo como aranhas através das estrelas"*.

Me lembrei da frase do autor estadunidense após uma festa de faculdade, reencontro de turma após 26 anos de formados. No dia seguinte ao baile, algumas amigas vieram falar: *"hoje você está mais tranquila, mas ontem... ontem você parecia uma estrelinha, um foguinho de artifício de tanto que dançava, ria, falava, gesticulava, sumia e aparecia nos quatro cantos do salão..."*.

Não à toa, Kerouac foi uma pessoa intensa. Sua obra-prima, *On the road*, foi escrita em apenas três semanas. Segundo a Wikipédia, *"Jack usava uma máquina de escrever e uma série de grandes folhas de papel manteiga, que cortou para servirem na máquina e juntou com fita para não ter de trocar de folha a todo momento. Redigia de forma ininterrupta, invariavelmente sem a preocupação de cadenciar o fluxo de palavras com parágrafos"*. Outro livro escrito por ele, *Os Subterrâneos*, foi redigido em apenas três dias e três noites e *"gerado a partir do mesmo tipo de rompante inspiracional que produziu* On the Road*"*.

Não compartilho da mesma intensidade que Jack, mas muitas vezes me vi queimando, sendo consumida por minha sensibilidade e intensidade.

O lado ruim de ser uma pessoa intensa é que, muitas vezes, você não consegue canalizar a própria energia, e acaba sendo consumido por ela. Já o lado bom ocorre quando você consegue direcionar essa chama para a criatividade, para a arte, para a expressão inventiva e imaginativa de sua sensibilidade nata. Aí, meu caro, não há quem te impeça de queimar e brilhar.

Está tudo bem ser intenso, mas você precisa aprender a se proteger, a se resguardar, a se poupar, a tomar conta da sua sensibilidade. Você precisa aprender a não se maltratar, a não se desgastar, a não ficar em carne viva por pouca coisa, e sim entender que ser intenso é também ser intuitivo, criativo e empático. Você só precisa aprender a lidar, direcionando essa chama – que queima como fogos de artifício – para algo novo e lindo; transformando cacos de vidro em vitrais; dissipando a dor através da arte, música ou poesia; convertendo labaredas em estrelas cintilantes e cuidando um tanto mais da vulnerabilidade da sua alma.

Está tudo bem ser intenso, mas algumas vezes você se sentirá mal por ter se doado demais a quem não merecia, ou se ressentirá da falta de reciprocidade daqueles que não são tão sensíveis quanto você. Você só precisa entender que cada pessoa tem um traço de personalidade, e quem é intenso precisa se proteger mais, muitas vezes de si mesmo. Escolha suas batalhas, se poupe das guerras inúteis, canalize sua energia para algo novo e retire-se do jogo de tempos em tempos. Você precisa se abrigar. Você precisa se poupar e se proteger.

Se você é uma pessoa intensa, sabe que é capaz de atravessar tempestades, cruzar oceanos e resistir às piores tormentas por uma causa; mas de vez em quando seu corpo e seu espírito precisarão de mansidão e sossego.

Não questiono sua força; sua capacidade de quebrar-se e colar-se inúmeras vezes; sua determinação em dançar mesmo quando a música cessou. Mas construa abrigos onde possa se refugiar e descansar.

Quem é intenso demais sabe que a alma tem pressa de se desconectar e se curar, e por isso defendo o seu direito de se afastar e sumir, reabastecendo-se em locais onde possa silenciar e seja quase impossível te encontrar. Está tudo bem ser intenso, mas é preciso se cuidar...

suas dores
são a forma
que a alma encontrou
para falar com você.

não ignore

Que dores você silenciou dentro de si?

Que dores você silenciou dentro de si? Você sabe? Ou fez isso tão inconscientemente que elas emergem de vez em quando e latejam em lugares que você nem sabia que existiam? Que dores você sufocou? Que dores silenciou?

Outro dia estava lendo a coluna de Martha Medeiros no Instagram, e o texto, intitulado *Não é fácil mergulhar*, trazia uma reflexão acerca da dificuldade que temos de descer às camadas subterrâneas de nossa existência. Um trecho, citando um dos melhores filmes a que assisti nos últimos tempos, me arrebatou. Dizia o seguinte:

"*'Não agrega nada à sociedade' foi o comentário rasteiro que li outro dia sobre o filme 'A filha perdida', mas poderia ser sobre qualquer outra obra profunda, sujeita a julgamentos morais. Quem nasceu para pé na areia não alcança. Não é demérito, apenas despreparo. Não recebeu o treinamento da literatura, da filosofia, da psicologia. Ficou sem oxigenação para interpretar subtextos, silêncios, angústias universais. Não chega lá embaixo, onde se enxerga o que não se vê.*"

Nem tudo mora no visível, e tentar encontrar a ordem das coisas tendo como base somente aquilo que pode ter explicação lógica, ou comprovação científica, ou é moralmente aceito, correto e decifrável, é limitar a vida. É preciso fugir do senso utilitário das coisas e conseguir ir mais fundo, decifrando o que não é dito, mas nem por isso inexiste; aceitando as entrelinhas; autorizando os segredos e as introspecções da alma.

Enquanto você não ousar se buscar, irá colecionar mal-entendidos consigo mesmo; não ventilará os pensamentos nem enfrentará aquilo que lhe rouba a alegria, e você nem sabe que existe.

Muitas vezes decidimos não nos inquietar nem entrar em contato com nossa intensidade, mas a dor reprimida tem a força de um trovão e emerge nas horas mais impróprias: um dedo trancado numa porta, um cotovelo luxado numa quina, uma saudade espantosa de alguém, uma comoção exagerada diante de um filme bobo...

Evitamos a dor, mas ela nos alcança. E traz à tona, por motivos banais, aquilo que foi calado nas profundezas. Você acha que está no controle, mas a alma abriga pulsões incontroláveis.

Não tenha medo de se desorganizar para depois encontrar sua ordem interna. Às vezes é preciso despir a roupagem do mundo para acessar nossa camada mais íntima, a que revela nossa própria voz.

Vida é mistério. Às vezes calmaria; outras, vendaval. As mudanças mais profundas acontecem com a força de um temporal – arrancam nossas certezas, abalam nossa fé, fazem ruir nosso controle. Ao final, cabe a você escolher como irá se rearranjar: como caco de vidro cortante, cicatriz e lágrima ou recusando-se a ser definida pela dor: fazendo arte da sua tempestade, transformando ruínas em mosaico, convertendo abismos em caleidoscópios e poeira em poesia...

Você pode querer adivinhar ou imaginar, mas o que cada pessoa é, de fato, só ela sabe

Ontem assisti ao filme *Querido Menino* (*Beautiful Boy*, disponível na Amazon Prime) e a atuação impecável de Timothée Chalamet e Steve Carell me arrebatou e comoveu às lágrimas. Num dado momento, Nic Sheff, o menino, diz: *"Eu nunca me liguei. Até que um dia acordei num hospital e me perguntaram: 'qual é o problema?' Respondi: 'Sou alcoólatra e viciado em drogas'. E me responderam: 'não, isso é como você lida com o problema'".*

"Agora eu sei que preciso encontrar uma maneira de preencher esse enorme buraco dentro de mim."

A dor e o desamparo de Nic gritam durante todo o filme, e a vontade que temos é de resgatá-lo, assim como ficamos tentados a acolher David, o pai, cujo sofrimento parece não ter fim. A pergunta que fica é: "Como preencher esse enorme buraco que nos habita?" e, mais ainda, "como lidar com a dor, o vazio e o desamparo do outro?".

Muitas vezes, para fugir de nossos próprios abismos, vamos em busca da cura da ferida do outro e muitas vezes nenhum de nossos esforços irá sanar essa chaga que sangra, dói, corrói e mata.

Quantas vezes não nos empenhamos em tirar alguém do poço em que se encontra e nos desligamos de nossas próprias vidas, de nosso equilíbrio, sem perceber que a cura não está em nossas mãos?

Numa das cenas, David procura auxílio numa reunião para familiares de viciados e lá estão estampados os três Cs: *"Não causei isso. Não posso controlar isso. Não posso curar isso"*.

Talvez tenhamos que adotar essa regra para nossa própria vida e para nossos relacionamentos. Não está ao nosso alcance curar alguém. Quase nunca teremos o poder de tirar alguém do buraco. Nem sempre conseguiremos ajudar alguém a lidar com seus próprios fantasmas. Não está ao nosso alcance preencher esse enorme vazio que assola o peito de outra pessoa.

Muitas vezes, acabamos destruindo outras relações para que aquela dê certo. E aquela não dá. E você estraga as outras.

Podemos tentar ajudar, orar pela pessoa, mandar as melhores energias. Mas ela só vai sobreviver se ela se empenhar também. Ela só vai se curar se desejar a cura.

Amar muito alguém não é o suficiente. Nem todo amor do mundo é o bastante para ajudar a transpor os Everests que cada um tem que atravessar por si só. E por mais tentador que seja abandonar nossas embarcações para socorrer outros barcos, é primordial se perguntar: "Esse náufrago quer ser salvo?". Ou, mais ainda: "Por que estou me abandonando para sentir a dor dessa pessoa, para carregar a cruz dela, para afundar junto com ela?".

Dar a mão, socorrer alguém, ter empatia pela dor do outro... tudo isso é válido, mas antes precisamos não nos abandonar. Antes de cuidar de alguém, preciso cuidar de mim. Não é possível tirar alguém do buraco estando dentro dele também.

Cada pessoa está travando uma luta interna, íntima, consigo mesma todos os dias. Cada ser que cruza nosso caminho está lidando – da maneira que consegue – com seus vazios e fantasmas; travando um embate com seu passado; processando lutos e desistências; encarando sua solidão – pois no íntimo cada um de nós está sempre só – do jeito que pode; escolhendo o que fazer com o sentimento de incompletude; suportando os abismos e as faltas.

Você pode querer adivinhar ou imaginar, mas o que cada pessoa é, de fato, só ela sabe. Cada pessoa carrega dentro de si mundos que jamais conheceremos ou jardins que só ela poderá visitar. Cada pessoa abriga em seu íntimo faltas que só ela saberá como preencher e lacunas que ninguém irá protegê-la de sentir.

Encontrar sentido diante da fragilidade da vida, descobrir quem somos de fato e suportar os vazios e as faltas que abrigamos é uma tarefa pessoal e intransferível. A jornada de cada pessoa tem lições específicas para sua evolução. Ninguém poderá atravessar as pontes que são suas, em seu lugar; do mesmo modo que ninguém tem as chaves para abrir recintos que são seus, e só cabe a você adentrar...

eu escolhi partir
porque era o certo a fazer
mas será que em alguma outra dimensão
continuo junto a você?

A vida de cada pessoa poderia ter infinitos desfechos

Adoro livros e filmes que refletem sobre a vida e suas inúmeras possibilidades. Não me refiro a livros de autoajuda, e sim ficções, crônicas ou mesmo biografias que, através de seu enredo fantástico ou não, me levam a ponderar sobre essa enorme colcha de retalhos que é a existência – com seus imprevistos, sustos, delícias, incertezas e sincronicidades.

A Biblioteca da Meia-Noite é um desses livros. Na narrativa, Nora é uma mulher que, aos 35 anos, coleciona culpas e arrependimentos. Apesar de ser muito talentosa, teve pouquíssimas conquistas. Arrasada pela morte de seu gato e vendo pouco sentido em sua existência, ela tira a própria vida. Acorda, então, numa biblioteca. Lá, cada livro na prateleira representa uma história alternativa que ela teria vivido se tivesse feito outras escolhas. Assim, Nora tem a possibilidade de visitar qualquer versão de sua existência – descobrindo, assim, como teria sido viver de uma forma que valesse a pena. Porém, mais do que descobrir novas alternativas de vidas possíveis, a biblioteca leva Nora a mergulhar mais profundamente em si mesma, meditando sobre o mel e o fel de cada escolha e levando-a a refletir sobre solidão, lembranças, expectativas, obediência, desejos, decepções, decisões e, mais além: sobre a impossibilidade de lutar contra aquilo que iria acontecer de qualquer maneira, independentemente de sua vontade ou suas ações.

Algumas coisas acontecem porque tinham que acontecer e não importa o quanto você desejou o contrário, ou lutou contra, ou remou para o lado oposto. Há desfechos que não dependem da nossa vontade e, por mais que pensemos controlá-los, não controlamos. Muitas vezes a vida é mais forte que a gente. E mesmo que você se culpe ou se arrependa por algo que aconteceu ou deixou de acontecer, talvez não dependesse de você aquilo ter ocorrido ou não. O desfecho daquela situação já estava escrito, e suas ações (ou a falta delas) não alterariam nada.

Num trecho do livro, Nora diz: *"a questão é que... o caminho que a gente considera o mais bem-sucedido a seguir, na verdade não é. Porque muitas vezes nossa visão de sucesso vem de alguma noção falsa e externa de conquista, seja uma medalha olímpica, o marido ideal, um bom salário. E existem todas essas métricas que a gente tenta alcançar. Quando, na real, o sucesso não é algo que se possa medir, e a vida não é uma corrida que se possa vencer".*

Quando acreditamos que fizemos uma boa escolha, ela é digna de ser considerada *a escolha certa* por quais motivos? Por que ela agradaria a nossos pais, ou seria perfeita para estampar nossas redes sociais, ou por que ela nos traz paz? Há motivos inconscientes que nos conduzem a uma decisão, mas sempre é tempo de refletir. Assim, por mais que acreditemos estar fazendo uma boa escolha, é preciso nos perguntar: o que está em jogo nessa decisão? Que tipo de sucesso almejamos alcançar e por quais motivos isso seria considerado sucesso? Será que ser feliz seria a forma mais autêntica de sucesso? Mas o que nos faria felizes: impressionar alguém com nossas conquistas ou realmente conquistar algo que nos desse prazer?

Muitas vezes, apenas seguimos o fluxo: da cultura de nosso tempo, da educação que recebemos, das mídias sociais, dos programas e músicas que consumimos... e pouco ouvimos a nós mesmos. Pouco escutamos a voz interior que – pasmem –, se fosse ouvida, talvez escolhesse caminhos bem distintos daqueles que decidimos trilhar, e que só percorremos porque não fomos capazes de nos conectar – realmente – à nossa alma.

A vida de cada pessoa poderia ter infinitos desfechos, mas lamentar a vida escolhida e ficar sonhando ou se iludindo com a vida não vivida não ajuda em nada. Você está onde deveria estar, e a única coisa que é possível fazer nesse momento é tentar transformar o dia que virá.

Todos os dias começam com infinitas possibilidades, mesmo que a gente não enxergue claramente. Todos os dias temos a possibilidade de recomeçar, mesmo que a gente não perceba no momento. Assim, se posso dar-lhe um conselho, aprenda se ouvir mais. E faça suas escolhas alheio ao barulho do mundo, pois só quando silenciamos a cabeça podemos ouvir o coração.

Almas Gêmeas

Recentemente maratonei a (incrível) série *Soulmates* na Amazon Prime, e fiquei fascinada com a proposta dos criadores William Bridges e Brett Goldstein, que aposta num roteiro de ficção para trazer a ousada resposta a um dos grandes dilemas da humanidade: é possível saber, com toda a certeza, se a pessoa que escolhemos para nos relacionarmos amorosamente é a pessoa certa pra gente? Se essa descoberta fosse possível, encontraríamos nessa revelação a fórmula da felicidade? Existe mesmo a tal "alma gêmea"?

Na série, cada episódio é uma história completa, isto é, nenhum capítulo é a continuação do anterior, cada narrativa começa e termina de uma tacada só. Mas em todos eles há o ponto em comum: o tema "Alma Gêmea". Nessa antologia futurista, o pano de fundo é a descoberta da partícula "Alma" dentro de cada pessoa. E, a partir dessa partícula, é possível fazer um teste e descobrir quem é sua "Alma Gêmea". A série me fisgou, e o primeiro episódio teve um gostinho especial, pois não tinha uma trama muito fantasiosa e com isso pude refletir bastante acerca das relações que vivenciamos e experimentamos ao longo de nossa vida.

No primeiro episódio da série, nos deparamos com o relacionamento perfeito de Nikki (Sara Snook) e Franklin (Kingsley Ben-Adir). Eles não fizeram o teste para saber se são almas gêmeas – quando se casaram, essa possibilidade ainda não existia –, mas vivem um relacionamento tão harmonioso e feliz que essa possibilidade (de fazerem o teste) não passa pela cabeça deles. Porém, com o passar do tempo – e observando histórias de pessoas conhecidas que fizeram o teste – passam a se indagar se o que vivem pode realmente ser chamado de "FELICIDADE". Em suma, começam a questionar se seriam mais felizes e realizados ao lado de suas – *comprovadas* – almas gêmeas.

Não vou contar mais para não dar *spoiler*, mas o fato é que esse episódio desacomoda por questionar se aquilo que está harmônico – por ser uma relação de trocas dignas, reciprocidade, respeito, companheirismo e consideração – poderia ser ainda mais perfeito se a relação acontecesse entre as designadas "Almas Gêmeas". O episódio inquieta ao questionar se, mesmo vivendo um relacionamento impecável, deveríamos ousar olhar além de nossa zona de conforto.

Acredito que ninguém aparece em nossas vidas por acaso e, mais ainda, ninguém *continua* em nossas vidas se não tiver algo a nos ensinar.

Por essa razão, na minha visão, ninguém permanece com alguém – mesmo que isso possa ser chamado de "zona de conforto" – se esse encontro não tiver algum aprendizado a oferecer; ou se as pessoas envolvidas não tiverem alguma travessia que precisará ser realizada – lado a lado, juntas – lá na frente.

Assim, não são somente nossas escolhas conscientes que nos conduzem a viver uma história, e sim um emaranhado de questões enraizadas no nosso inconsciente, nas nossas emoções, no mundo invisível que nos cerca e nos habita. Tudo isso interfere. Tudo isso contribui para estarmos onde estamos. Há muitas coisas invisíveis aos olhos que podem nos direcionar para um ou outro caminho e também podem ser facilitadores para a chegada ou a partida de alguém.

Não entendo muito acerca do fundamento de "Almas Gêmeas", mas acredito que atraímos pessoas com energias semelhantes às nossas, e muitas vezes isso é inexplicável. Há uma conexão imediata, e isso não implica necessariamente numa relação romântica. É possível existir almas gêmeas no campo da amizade, nas relações familiares e também nos relacionamentos amorosos.

O importante é ter consideração e honrar cada um de nossos relacionamentos. Entender que não é à toa que alguém se afeiçoou a você, e você a essa pessoa. Ninguém chega por acaso, ninguém vai embora definitivamente se não for para ser assim. Cada relacionamento em nossas vidas tem um propósito, algo a nos ensinar, algo nosso que podemos deixar.

Entender isso traz paz, pois concluímos que, mesmo que a vida dê muitas voltas, o que tiver que permanecer, conosco ficará. O que tiver que recomeçar, um dia retornará. E o que tiver que finalizar, pouco a pouco irá nos deixar.

silenciei
arquivei
nunca mais olhei

só assim desapeguei

Quanto tempo leva para superar um amor?

No primeiro episódio da segunda temporada de *Sex and the City*, é lançada a seguinte pergunta: "Quanto tempo leva para esquecer um amor?" e Charlotte, uma das personagens, tem uma teoria: "Leva-se metade do tempo que durou a relação". Miranda, porém, discorda. Ela teve um caso que durou pouquíssimo tempo, e, no entanto, faz dois anos que tudo acabou e ela ainda não o esqueceu.

Antes de tentar encontrar uma fórmula que determine o tempo que alguém vai permanecer em nós após o término, é preciso se perguntar: "Você está realmente disposto a deixar esse amor morrer em você?". Pois, muitas vezes, a gente não quer esquecer; e se apega às lembranças e ao que sentiu como se essa fosse a única maneira de não deixar a história se evaporar por completo.

Você se apega ao que viveu e mantém as lembranças vivas como se isso te garantisse que, de alguma forma, a outra pessoa também fizesse o mesmo. É como se você acreditasse que seus pensamentos e os da outra pessoa estivessem ainda conectados de alguma maneira, e por isso você se lembra e não deseja seguir em frente, para que o outro também não se esqueça e não se desapegue da história de vocês. Porém, na prática, não é assim que funciona.

A verdade é que não existe um tempo certo, predeterminado, que possa ser estipulado como o tempo necessário para superar alguém. E também não se pode comparar a maneira como cada um decide seguir em frente ou o jeito que cada um escolhe deixar pra trás. Cada pessoa marca a nossa vida de uma maneira diferente, única, e você pode muito bem superar rapidamente alguém com quem conviveu por anos, ao passo que pode levar anos para superar alguém com quem conviveu por dias.

O primeiro passo é não se cobrar tanto. Nem tentar camuflar o que está sentindo. Deixe a lembrança vir, acolha-a com serenidade e permita-se chorar se a emoção aflorar. Só tente não se apegar à dor. Nem alimente expectativas, esperanças ou fique recapitulando situações. Apenas permita que a lembrança chegue, mas não se aproprie dela. Não carregue a história que se findou como um *souvenir* repleto de dor.

Respondendo à pergunta do título, não é possível determinar quanto tempo será necessário para você superar ou esquecer um amor. Isso porque cada um encerra seus ciclos de forma diferente, e algumas pessoas irão seguir em frente, virar a página, mudar completamente o rumo de suas histórias e, ainda assim, carregarão uma lembrança bonita dentro delas. Outras se fecharão para novas experiências, mesmo que caminhos muito mais sedutores se apresentem à sua frente. Outras, ainda, seguirão novos rumos sem jamais olhar para trás, cientes de que "quem vive de passado é museu".

Assim, se posso dar-lhe um conselho, não pare sua vida por um amor que não deu certo. Não se feche para novas oportunidades, vibre na frequência da prosperidade, carregue consigo lembranças boas do que foi vivido e não se apegue a elas com melancolia. Faça suas coisas, se dedique a você, toque sua vida e tente se aprimorar com as dores e decepções.

Talvez você se desapegue rápido, talvez não. Talvez você sofra no processo, talvez não. Pode ser que, nessa de você se ocupar, descubra um novo talento e de um limão faça uma faça uma limonada! Mas torço para que, no final da jornada, você consiga amar de novo. E, mesmo que por dentro ainda carregue algo do passado, que seja um *souvenir* de alegria, que nas horas difíceis te faça companhia!

O segredo das pessoas interessantes

Há alguns dias, maratonei a incrível minissérie *O Gambito da Rainha* na Netflix. São somente sete episódios, o suficiente para me envolver completamente na história de Beth Harmon, uma órfã que, após aprender a jogar xadrez com o zelador do orfanato onde passa a infância, trilha um caminho brilhante de determinação e glória, mas não isento de dificuldades, tombos e superação de traumas. A história se passa nos anos 1950 e 1960, e acompanhamos a escalada da protagonista dos 8 aos 22 anos de idade até se tornar campeã de xadrez.

A minissérie foi inspirada no livro homônimo escrito por Walter Tevis em 1983, e me impactou devido ao magnetismo da personagem central. Apesar de carregar uma genialidade incomparável, Beth é uma menina retraída e enigmática. E essa combinação de sucesso e mistério faz dela uma das personagens mais interessantes que eu já tenha visto.

Sobre o fascínio pelo xadrez, Beth diz a um repórter: *"É um mundo inteiro de apenas 64 quadrados. Eu me sinto segura nele. E eu posso controlar isso, eu posso dominar isso. E é previsível. Então, se eu me machucar, só tenho a mim mesma para culpar"*. E assim somos apresentados ao que é viver uma vida com propósito e paixão. Uma vida interessante.

Pessoas interessantes não ficam tentando provar que são interessantes. Elas descobriram algo muito poderoso – o que lhes causa arrebatamento e faz seus olhos brilharem – e decidiram, com coragem e intensidade, investir nesse propósito com amor, determinação e aperfeiçoamento. Pessoas interessantes são apaixonadas, intensas e sagazes na escolha de seus caminhos, e o magnetismo que emanam nada mais é que o reflexo do fascínio que têm pela própria vida.

Na série, Beth encontra a glória e o caos. Transita entre a genialidade e a tragédia, flerta com o sucesso e o vício. E é, ao mesmo tempo, aquela que repele e atrai.

Pessoas interessantes passam por altos e baixos como todo mundo, mas aprenderam a se priorizar. É muito difícil competir pelo amor que elas têm por si mesmas, e não há algo mais atraente do que alguém que irradia encantamento genuíno pela própria vida, mesmo sendo uma vida imperfeita.

Pessoas interessantes não ciscam pela vida alheia, mas investem naquilo que pode torná-las melhores a cada dia. Não se comparam, mas buscam aprimoramento para serem versões superiores de si mesmas ao longo do tempo. Não se torturam com suas incapacidades, mas empenham-se em aprimorar suas habilidades. Não focam sua energia naquilo que lhes falta, mas canalizam sua impetuosidade para aquilo que pode transbordar.

Beth Harmon tinha tudo para ser a pobre menina órfã, esquisita, inadequada, tímida e fria. Além disso, era viciada em drogas (que eram ministradas no orfanato como calmantes) desde a infância e sucumbe ao alcoolismo na fase adulta. Porém, mesmo com todas as características difíceis de sua personalidade, ela causa arrebatamento, desejo, curiosidade e paixão. O segredo? Investimento em si mesma. Aprimoramento. Estudo. Dedicação. Intensidade. Uma vida com paixão.

Pessoas interessantes são pessoas apaixonadas. Corajosas o suficiente para lutar por um propósito. Ousadas o bastante para acreditar em si mesmas. Valentes o suficiente para arregaçar as mangas e fazer acontecer. Autoconfiantes a ponto de não desistir diante da primeira dificuldade. Audaciosas o bastante para bancar seus desejos sem se intimidar com as críticas. Bem-resolvidas o suficiente para amar a si mesmas e a vida que escolheram – mesmo sendo uma vida imperfeita.

Quanto ao título da série, Gambito é uma jogada tradicional no xadrez, em que o peão acaba sendo sacrificado em prol de uma próxima jogada, no intuito de abrir caminho para movimentos posteriores. Essa analogia não é à toa. Beth, durante a série, abdica de algumas distrações da vida, buscando a consagração no futuro. Da mesma forma, se queremos nos tornar alguém interessante, talvez devêssemos renunciar às comparações – tão presentes e nocivas no mundo atual – e focar nosso próprio aprimoramento e evolução como pessoas. Só assim teremos a chance de viver *uma vida interessante...*

"isso também vai passar"
foi a primeira tattoo que fiz.
no pulso – pedi
para sempre me lembrar.
momentos bons acabam,
momentos ruins, também
tudo são fases, nada dura pra sempre.
na hora difícil, olhei para o pulso e aceitei – é apenas uma estação
na hora feliz, olhei para o pulso e valorizei – que seja eterno em meu
[coração

"Nem seus piores inimigos podem lhe causar tanto mal quanto seus próprios pensamentos"

Há alguns anos, lendo o livro de Elizabeth Gilbert, *Comer, rezar, amar*, uma frase me fisgou. Durante sua estadia na Índia, aprendendo a silenciar a mente e a meditar, a protagonista travou um diálogo com um novo amigo – um caubói texano – que em dado momento lhe diz: *"Você tem que aprender a escolher seus pensamentos da mesma forma que escolhe suas roupas todos os dias. Trabalhe sua mente; é a única coisa que deve controlar. Porque se não dominar seus pensamentos, terá problemas sempre"*.

Escolher os próprios pensamentos parece simples, mas não é. A mente se agita, ganha vida própria, tagarela sem parar, retorna a momentos dolorosos que não deveriam mais assombrar, cria paranoias, constrói enredos, se ilude, bate na mesma tecla, dá voltas e mais voltas sem resolver nada, antecipa tragédias, prenuncia desastres, cria expectativas, se esgota em ansiedade.

A mente tem necessidade de resolver tudo, te dirige a palavra dizendo: "Você não vai fazer nada?", "Olha, se você não tomar uma atitude agora, vai perder...", "Você vai deixar tudo por isso mesmo?", "Você precisa se mexer", "Resolva, resolva, resolva!!!" e, até certo ponto, isso é bom. Porém, de vez em quando a melhor atitude é calar a mente e simplesmente não fazer nada. A decisão de não agir, silenciando e esperando que o Universo tome conta, também é uma ação – e das grandes.

A mente falante é catastrófica, cria histórias imaginárias, produz sofrimentos desnecessários, se agita em busca de soluções. Porém, é no silêncio e na calma que a melhor resposta pode vir à tona, livre das influências do ego e mais alinhada com a verdade.

É atribuída a Buda a frase que diz: *"Nem seus piores inimigos podem lhe causar tanto mal quanto seus próprios pensamentos"*. Você já parou pra pensar no quanto isso é verdade? Ninguém pode te fazer tanto mal quanto você mesmo. Você e essa sua mania de achar que não é bom o bastante; você e suas noias e inseguranças; você e sua baixa autoestima; você e sua necessidade de ter seu ego validado e aplaudido por outros; você e seu medo de arriscar, ousar, errar, ser você mesmo; você e sua voz castradora; você e seu autojulgamento; você e sua falta de autocompaixão.

Silencie a mente e fique do seu lado. Seja seu aliado, seu maior defensor e protetor. Se acolha com compaixão e cale a voz interior que quer te deixar pra baixo, alimentando inseguranças e paranoias.

Respire fundo, acenda uma vela, baixe as persianas da janela. Não dê ouvidos para a reatividade, evite a ação imediata, combata a impulsividade. Você verá que as melhores respostas surgem com o tempo, quando a poeira baixa e a alma tem oportunidade de se pronunciar. E ela tem tanto a te falar...

A alma só se pronuncia quando a mente silencia.

É tão difícil viver sem fazer planos, sem criar expectativas, sem cobrar da vida e das pessoas as respostas que queremos. É tão difícil manter a paz e a serenidade quando sentimos frustrações, quando uma mensagem é lida e ignorada, quando falta reciprocidade. Nos inquietamos em questão de segundos, voltamos a nos sentir como adolescentes rejeitados do ensino médio, duvidamos de nosso valor.

Talvez seja hora de aprender a confiar mais. Confiar na vida, nos caminhos tortos que nos conduzem a um desfecho diferente e muitas vezes melhor do que imaginamos, confiar no tempo, confiar no invisível que nos habita. Não queira tomar todas as rédeas. Deixe a condução por conta de Deus também.

Se tivéssemos a mínima noção do quanto nossa mente é poderosa e do quanto nossos pensamentos podem nos afligir, teríamos mais cuidado com aquilo que retemos, nutrimos e guardamos dentro da gente. Pensamentos e sentimentos ruins devem fluir, não cristalizar. Mágoa é como água parada – uma "má água" – que só prejudica quem a bebe.

Finalmente, um trechinho de uma meditação que encontrei no YouTube, no canal *Yoga Mudra*, e que tem tanto a nos ensinar: "*Tudo o que existe no Universo é uma forma de energia. O seu pensamento é energia. É uma frequência que emite uma vibração. Você atrai aquilo que você sente. Você cria aquilo em que você acredita. E você se torna aquilo que você pensa a seu próprio respeito. Muitas doenças são causadas justamente por bloqueios de energia. Uma energia estagnada, que pode ser fruto de um pensamento, de uma sensação, de um sentimento. Que gradativamente reverbera do sutil ao denso, até se materializar em forma de doença*".

Cuidado com o que você pensa, vibra, atrai e cria. Seja gentil com você. A vida agradece e retribui.

a frase do título é atribuída a Buda

AGRADECIMENTOS

Agradeço a Deus

Ao meu filho, Bernardo

Ao meu marido, Luiz

Aos meus pais, Jarbas e Claudete

Aos meus irmãos, Júnior e Léo

À minha avó Leopoldina

Aos meus sobrinhos e sobrinhas, Enzo, Laura e Júlia

Aos meus tios, tias, primos, primas, cunhadas e sogro

Às minhas professoras de português e redação do Ensino Médio e Fundamental Aparecida Caldas e Aparecida Fernandes

À cantora e compositora Maraisa

Aos meus amigos

Aos parceiros do blog

Aos meus leitores e seguidores

Aos editores Pedro Almeida e Carla Sacrato

A toda equipe da Faro Editorial

Com amor,
Fabíola Simões

Leia também

ASSINE NOSSA NEWSLETTER E RECEBA
INFORMAÇÕES DE TODOS OS LANÇAMENTOS

www.faroeditorial.com.br

Campanha

Há um grande número de pessoas vivendo com HIV e hepatites virais que não se trata. Gratuito e sigiloso, fazer o teste de HIV e hepatite é mais rápido do que ler um livro.
Faça o teste. Não fique na dúvida!

ESTA OBRA FOI IMPRESSA
EM NOVEMBRO DE 2023